ROGÉRIO COELHO

A LOIRA E EU

VERMELHO MARINHO

Autor
Rogério Coelho

Editor-chefe
Tomaz Adour

Revisão
Equipe Vermelho Marinho

Diagramação
Marcelo Amado

Capa
Marcelo Amado: montagem feita utilizando imagens da Pixabay (Rondell Melling e Creatifrankenstein)

Dados Internacionais de Catalogação na Publicação (CIP)
Fabio Osmar de Oliveira Maciel – CRB-7 6284

C672l

Coelho, Rogério
A Loira e eu / Rogério Coelho. – 1. ed. – Rio de Janeiro : Vermelho Marinho, 2021.
100 p. ; 21 cm.

ISBN 978-65-86082-51-7

1. Romance brasileiro. I. Título.

698-034-21 CDD : 869.93

Índice para catálogo sistemático:
1. Romance: Literatura brasileira 869.93

VERMELHO MARINHO
EDITORA VERMELHO MARINHO
Avenida Gilka Machado, 315 – bloco 2 – casa 6
Recreio dos Bandeirantes - CEP: 22795-570
Rio de Janeiro – RJ

À Maria Augusta Borges de Oliveira,
Que seu corpo descanse em paz.

SEGUNDA-FEIRA

— *ENTRE, SENTA E FICA DE BICO CALADO!* — o grito da diretora se sobrepôs à chuva que batia contra a janela.

Retirei a mochila do ombro e entrei.

Apesar de ser quase sete horas da manhã, parecia noite lá fora.

Um relâmpago iluminou a sala, desenhando no assoalho de madeira a sombra momentânea da diretora e de sua escrivaninha.

Dona Odete, debruçada sobre um papel, escrevia. Os óculos fundo de garrafa na ponta do nariz pareciam a ponto de cair.

Sentei-me na ponta da cadeira e acomodei a mochila entre as pernas.

Esperei.

Os alunos passavam frente à porta rumo às suas salas.

Uma semana de suspensão. Eu nunca tinha ficado tantos dias desconectado do mundo. Das outras vezes foram três dias. Para piorar, Dona Odete retirou meu celular. Meu pai levou para o trabalho o meu computador e me proibiu de sair à rua. Como sempre, me faltava passar pelo último sermão de Dona Odete para poder ir à sala de aula.

O medo daquela conversa me atraía. Talvez fosse a expectativa de que algo ruim estava prestes a acontecer ou a proximidade do enfrentamento inevitável com alguém mais forte do que eu. Não sei, mas era medo e era bom.

O alarme tocou uma vez. Faltavam cinco para as sete da manhã. Cinco minutos para começar a primeira aula.

Eu odiava entrar com a porta já fechada.

Olhei para a diretora. Ela seguia escrevendo como se eu não estivesse ali.

— Bom dia, Dona Odete! — Reconheci a voz de Rita, aquela japonesinha CDF. Olhei para ela e fui ignorado. — Desculpe incomodar...

A diretora abaixou a caneta e ergueu o rosto sorrindo.

— Bom dia, Rita, você não incomoda, não.

— Obrigada. Vim avisar que a luz do banheiro feminino está piscando. Uma hora vai queimar...

— Vou mandar comprar uma nova. Obrigada.

Rita acenou para a diretora e se foi.

"O que será que aconteceu nesta semana?"

Quando me voltei para Dona Odete, ela já escrevia de cabeça baixa e cara amarrada.

Cada vez menos alunos passavam frente à porta.

O sinal tocou duas vezes. Sete horas.

Alguém passou correndo tão rápido que não consegui reconhecer. Pela altura, talvez fosse o Abreu...

— Dona Odete, eu...

Ela ergueu a mão livre e eu parei de falar.

Ninguém mais passou pelo corredor nos minutos seguintes

"Pelo menos é aula da Valéria."

— Muito bem, Sr. Mário Augusto — ela deixou a caneta sobre o papel, apoiou os cotovelos na mesa entrelaçando os dedos à altura do queixo —, agora eu sou toda ouvidos.

Essa era sempre a pior hora. Começar a falar, mas não poderia ser qualquer coisa, precisava achar as palavras que ela gostaria de ouvir. Depois de tantas suspensões, as minhas desculpas se tornaram repetitivas. Não colavam mais.

Eu abaixei a cabeça, olhava minha mochila.

— Eu pensei muito sobre isso esta semana...

— Quero você olhando para mim, da mesma maneira que você se impõe sobre os outros garotos. Agora.

Primeiro meus olhos se encontraram com os dela, verdes escuros atrás das lentes grossas. Engoli em seco e só então girei o corpo em sua direção.

Dona Odete exibiu um microssorriso.

— Melhor. Continue.

Eu olhei para a porta. Talvez surgisse alguém com um assunto mais importante que fizesse a diretora me dispensar.

Nada.

Voltei-me para ela.

— É, eu sei que eu pisei na bola... Até a Paula terminou comigo...

A diretora riu.

— Pisou na bola? Você acha isso simples, assim? — ela fez uma pausa, talvez esperasse eu dizer algo. Eu abaixei a cabeça, mudo. — Desta vez você conseguiu fazer todo mundo ficar contra você. Eu passei a semana inteira recebendo pais e mães pedindo para que você fosse expulso.

— Eu? Mas...

Ela bateu a mão na mesa. Eu dei um pulo na cadeira e inclinei meu corpo para trás.

— Você ofendeu, na frente de todo mundo, um colega afrodescendente, de classe baixa e com problemas de obesidade.

— Mas o que eu falei não tem nada a ver com ele ser...

— Só que não é de hoje... e quando a coisa se repete, tem um nome: *bullying*. E eu não vou permitir que a minha escola seja taxada por permitir o *bullying*! Você está me entendendo, Mário Augusto?

Eu só consegui balançar a cabeça assentindo.

— Eu tive de dar entrevistas para os dois jornais de Sorocaba e um de Votorantim. Você leu as entrevistas?

— Meu pai não assina os jornais e meu celular...

— O seu celular está aqui na gaveta e não sai até segunda ordem!

— Deixa eu contar o que aconteceu.

— Ainda não terminei. A manchete de um jornal dizia: "*Bullying no Estadão, a maior escola pública de Sorocaba.*" A outra foi pior: "*Dona Odete conseguirá parar o Bullying no Estadão?*" — ela enxugou a saliva nos cantos da boca.

— Caramba, Dona Odete... Eu posso contar...

— Não precisa, eu sei. Ouvi todo mundo. Tudo ia bem, vocês falavam sobre a loira do banheiro até que ocorreu ao senhor dizer a seguinte pérola: "*Raimundo, você não precisa se preocupar. Nem a loira do banheiro vai querer você!*" Estou errada?

— Foi uma brincadeira, eu juro.

— De que adianta você jurar, Guto?

— Todo mundo riu...

— Todo mundo?

Aí eu me calei. Rimos eu, o Abreu e o Zóio. Alguém saiu da sala, mas vi de relance e não reconheci. O Raimundo começou a chorar.

— Tudo mundo, Guto?

— Não, Dona Odete, não.

Ela se levantou e, apoiando as mãos sobre a mesa, se debruçou para cima de mim.

— Esta é sua última chance. Você está no segundo ano do ensino médio e devia começar a se preocupar com o vestibular e o ENEM. Eu não quero mais ver você na minha sala até o final do ano. Não quero ver nos jornais da cidade a manchete: "*Bullying no Estadão continua!*". Estamos entendidos?

Aquela vozinha dentro de mim que sempre me empurrou para as confusões queria me fazer perguntar se só eu era responsável por bullying na escola inteira. Mas a outra voz, aquela mais calma, me convenceu de que se eu era único, era o pior.

— Sim — murmurei.

— Você vai fazer o seguinte. Chegando na sala, peça desculpas pelo seu atraso...

— Mas eu não estava atrasado, a senhora que demo...

— Você ainda vai se meter em muita encrenca na vida se não aprender a ficar calado.

— Desculpa.

— Vou começar de novo. Chegando na sala, peça desculpas pelo seu atraso. Em seguida vá até a carteira do Raimundo, peça desculpas e prometa que não fará mais.

Como é que eu ia prometer não fazer uma coisa que, quando eu me dava conta, já estava feita? Era como prometer não sonhar.

— GUTO!

— Calma, Dona Odete. O que aconteceu?

Ela esfregou as mãos no rosto.

— Guto, Guto, Guto... Não me faça perder a paciência. O que você vai fazer quando chegar na sala?

— Vou pedir desculpas pelo atraso e vou pedir desculpas para o Raimundo.

— Você vai até o Raimundo. Nada de pedir desculpas de longe, entendeu?

— Sim.

— O que mais?

Cocei a cabeça.

— Vou prometer que não acontecerá de novo.

Dona Odete se levantou.

— Muito bem, Guto. Espero que você seja convincente. — Ela ajeitou os óculos no nariz. — Do contrário teremos de pensar na sua transferência.

Aquilo foi um soco no meu estômago.

— Como assim, transferência? Pra onde?

Ela sorriu.

— Talvez para o Padilha...

— Eu não quero ir para o Padilha! Não tenho nenhum amigo lá!

— Mas eu tenho. A Bete é a diretora do Padilha. Minha amiga de faculdade vai cuidar bem de você. Pensa, Guto, transferência é bem melhor do que expulsão. E ultimamente acredito que não tem por aqui tantos amigos assim. — Ela lambeu os lábios e murmurou: — Faça um favor a você mesmo. Vá para a sua sala e seja bastante convincente.

Eu engoli em seco. Naquele momento nada me passava pela cabeça. Um imenso vazio, como se até aquelas duas vozes tivessem me abandonado.

Só a chuva batendo na vidraça.

— Vai que eu tenho mais o que fazer!

Respondi um "*Tá*" chocho, não sei nem de onde saiu. Peguei minha mochila e joguei-a nas costas. Caminhava para a porta quando ela me chamou. Eu parei e virei-me.

— Boa sorte, Guto.

Sorri e saí da sala.

Mal comecei a caminhar pelo corredor e escutei minha voz dizendo que era um absurdo eu pedir desculpas. Se eu já paguei a suspensão, nada me obrigava. Ela não poderia me suspender de novo. O que pensariam dele? Um fracote? Um bobo mais bobo do que o Raimundo? Faria papel de ridículo!

Parei diante da porta fechada. Estendi a mão, mas não segurei a maçaneta. Então veio a voz mansa...

"Pedir desculpas não dói e além do mais, eles vão te respeitar mais por isso. É só entrar, pedir desculpas para a professora, fechar a porta, ir até o Raimundo, pedir desculpas e voltar para sua carteira. Não vai demorar nem um minuto."

A outra voz gritou:

"Um minuto nada! Vai parecer uma hora, ou mais!"

— Eu resolvo! — murmurei decidido a atender ao pedido da diretora e de minha voz mansa.

Segurei a maçaneta e respirei fundo.

Abri a porta e entrei.

— QUEM É ESSA?

Foi a minha reação estúpida ao ver uma menina que parecia um boneco de neve sentada na minha carteira. Sério, branca como um boneco de neve, os cabelos soltos encaracolados quase brancos cobriam seus ombros, com óculos escuros, camisa de manga comprida e luvas.

Não só eu fiquei chocado, mas a classe inteira também, como se o tempo tivesse parado. Só a chuva caía alheia a ele.

O boneco de neve sorriu e levantou-se.

— Você deve ser o Guto?

Afirmei com a cabeça. Percebi minha boca aberta, se ficasse um pouco mais assim, babaria. Fechei-a e engoli a saliva.

Ela estendeu a mão.

— Meu nome é Bianca. Desculpe ocupar seu lugar, mas como albina, eu tenho uns movimentos involuntários nos olhos. Preciso sentar na frente.

Então tudo pareceu entrar em câmera lenta. Até a chuva.

Cadê aquelas vozes? Nenhuma delas para me ajudar. A sala toda em silêncio me olhava. Paula, de braços cruzados, exibia aquele sorriso de satisfação por eu estar me ferrando. Abreu inclinava a cadeira para trás e mascava chicletes. Zóio me encarava com aqueles olhos esbugalhados e girava uma caneta no ar. Parecia querer me dizer para eu sair daquela situação.

Senti meu rosto ferver. Sorri sem graça, dei dois passos à frente e apertei a mão de Bianca. As luvas dela eram lisas e geladas. Procurei os olhos por debaixo dos óculos escuros, mas não achei.

— Prazer... — saiu fraco, quase um sopro.

Ela soltou minha mão e sentou-se.

Todos ainda me olhavam. Zóio girava e girava a caneta.

Virei-me para a professora.

— Desculpe o atraso, professora Valéria.

— Está bem, Guto. Sente-se.

Girei o corpo para a classe e procurei Raimundo. Até então, eu pensava que todo mundo estava olhando para mim, mas não. Raimundo, cabisbaixo, tapava o rosto com o braço esquerdo e rabiscava alguma coisa no caderno.

Caminhei até ele. As pessoas giravam a cabeça e o corpo para me seguir.

Parei diante dele.

— Raimundo... — tentei falar normalmente, mas a voz saiu baixa. Mesmo assim, percebi ele parar de rabiscar e tremer. — Raimundo, por favor...

Ele abaixou o braço e segurou a caneta com as duas mãos. Parecia concentrar todo seu olhar na caneta.

— Desculpa.

Raimundo não se mexeu.

Eu estendi minha mão.

— Desculpa, Raimundo.

Ele fechou os olhos e balançou a cabeça de um lado a outro. Uma lágrima escorreu.

"Droga!"

"Falei que você ia passar ridículo!"

"Agora vão falar que eu fiz o Raimundo chorar! O que a Dona Odete vai pensar?"

"Você fez o seu melhor, agora senta e fica quieto!"

Voltei para a minha nova carteira, atrás da tal Bianca e me sentei.

Alunos e alunas começaram a falar baixinho. Devia ser sobre mim. A professora Valéria chamou a atenção de todos e retomou a aula.

Eu abri minha mochila e fechei meus olhos.

"Por que a Dona Odete não me contou sobre a branquela? Droga, abrir a porta e dar de cara com ela acabou com meus planos. Mas no fim deu certo. O que acabou ruim foi o Raimundo chorar... Isso pode me complicar, mas agora é ficar quieto e esperar a reação dos demais."

Abri os olhos e peguei meu caderno.

Estudávamos genética. No final da aula, a professora perguntou à Bianca se ela não se importava de estudarem albinismo em casa e trazerem perguntas a ela. Bianca respondeu que aquilo seria divertido.

— Então, classe, pesquisem para amanhã sobre albinismo. Tragam perguntas para a Bianca.

Depois da aula de Biologia, vieram aulas duplas de Matemática. Fiz questão de não me meter nas discussões até chegar o intervalo.

Esperei a sala esvaziar. Então, desci para o pátio coberto e me encostei na mureta da escada para o pátio aberto. Tinha parado de chover, mas o tempo continuava fechado. A maioria dos alunos caminhava em volta das quadras a caminho da cantina.

Zóio chegou até mim vindo do banheiro. Enxugava as mãos nas calças.

— Cara, que rolo! Você lá parado com aquela cara de assustado pra cima da Bianca. Só falta ela reclamar na diretoria.

— Pô, Zóio, ninguém me contou que tinha aluna nova...

— E você precisava reagir daquele jeito?

— Eu não estava preparado para uma branquela esquisita daquelas. Da onde saiu isso?

Zóio riu.

— Guto, você precisa parar de falar desse jeito. Isso só vai te meter em mais confusão.

— Fala sério, é ou não é esquisita?

Zóio balançou os ombros.

— Sei lá, pode ser, mas ela é legal. No primeiro dia, ela se apresentou. Veio com a família lá de Guaratinguetá. — Zóio ergueu o braço e apontou em direção à cantina. — Olha ela lá na frente. As meninas todas ficam em volta dela para conversar.

— Ela está de chapéu?

— Albina, Guto, não pode tomar sol.

— Que sol, Zóio? Já faz uns dias que o sol não aparece! Essa menina é esquisita... — Fiz uma pausa e olhei em volta. Da nossa sala, estávamos só nós dois ali. — Cadê o Abreu?

— O Abreu?

— Zóio, você está surdo? O Abreu, claro! Cadê ele?

Zóio se afastou dois ou três passos. Olhou na direção da cantina.

— Deve estar com a Paula...

— O QUÊ?

— Eles estão juntos desde a semana passada.

— *QUE AMIGÃO, HEIN?*

Eu mal desencostei da mureta e Zóio entrou na minha frente me segurando pelos ombros.

— *ME SOLTA, ZÓIO!*

— Pra quê? Pra você se meter em mais confusão? — e ele me empurrou para trás. — Encosta aí!

— *ME SOLTA, EU VOU FALAR COM O ABREU.* — Na verdade, a minha voz me dizia para encher o Abreu de porrada. — *A PAULA É MINHA NAMORADA.*

— Era, Guto. Ela não quer mais saber de você. Esquece!

— E que grande amigo é o Abreu! Ele pisou na bola feio!

Zóio riu, soltou meus ombros e se encostou na mureta ao meu lado.

— Quer ir? Vai lá... Tem hora que eu acho que você merece toda essa confusão. — Ele balançou a cabeça de um lado para o outro. — Guto, não se esqueça que o Abreu é apaixonado pela Paula desde a quinta série e mesmo assim você namorou ela.

— Mas a Paula gostava de mim e eu dela...

— Isso mudou. Agora ela gosta dele e seria bem legal você respeitar.

"A lógica é a lógica. O que o Zóio falou faz todo sentido, mas se o Abreu acha que eu vou deixar barato, o escambau! Que se dane a lógica!"

— Guto, o que você vai fazer?

Me desencostei da mureta.

— Ainda não sei, agora eu vou ao banheiro.

E fui. Quando voltei, três meninas mais novas saíam gritando do banheiro feminino. Zóio seguia no mesmo lugar, mas olhava o celular e ria.

— O que foi, Zóio?

— A Bianca postou uma foto lá da cantina fazendo careta. Ela é uma figura!

— Mandou a foto para você?

— Não, ela colocou no grupo.

— Como assim, no grupo? — Percebi que quase gritei. Outros alunos me olharam. Tentei falar mais baixo: — Nós não tínhamos combinado de colocar os novos alunos no grupo só depois de uma semana?

Zóio abaixou o celular e me encarou.

— Cara, ela deu tanta risada dessa regra que ficamos com vergonha. A Paula fez uma votação e todos concordamos.

— Eu não!

— Quem mandou você falar besteira para o Raimundo. Pensei que você já soubesse. Onde está o seu celular?

— Com Dona Odete...

— Computador?

— Com meu pai.

— Ah, então foi por isso que você sumiu a semana inteira?

— Eu não sumi, só estava desconectado.

Zóio me cutucou com o cotovelo.

— Olha lá quem tá vindo!

Me virei.

Um monte de gente da classe vinha em nossa direção desviando das poças de água. À frente deles, Raimundo, cabisbaixo, parecia escutar o que a tal Bianca falava em seu ouvido. Logo atrás deles, Paula, Abreu, Rafael e Rita. Ao fundo, outros tantos.

Quando estavam a uns vinte metros de nós, Raimundo parou e os demais se aglomeraram em volta dele. Bianca falou mais alguma coisa e beijou-lhe o rosto.

Raimundo sorriu e assentiu com a cabeça. Meteu as mãos nos bolsos e começou a caminhar em minha direção, cabisbaixo. Os demais permaneceram parados, observando.

Ele parou ao chegar ao pé da escada. Respirou fundo e subiu. Só quando estava bem à minha frente, Raimundo levantou a cabeça.

— Oi.

Acho que foi a primeira vez em toda a sua vida que Raimundo veio até mim e me dirigiu a palavra.

— Oi.

Dava para ver que ele se esforçava para me olhar nos olhos. A voz dentro de mim ria.

Raimundo ergueu os ombros.

— Fala de novo.

— Falar o quê, Raimundo? — minha voz saiu alta, ríspida. O povo parado no meio do pátio se mexeu, cochicharam entre eles. Então senti uma dor nas costelas. Olhei para o lado e vi Zóio armando outra cotovelada. Levantei as mãos espalmadas. — Eu não entendi, Raimundo.

Ele olhou por sobre os ombros e Bianca acenou de longe. Então ele se voltou para mim.

— O que você me disse na sala.

"O quê? Ele quer que você peça desculpas de novo? Só pode estar brincando."

"Acho que é isso mesmo. Se for, é bom sinal. Não custa tentar."

— Me desculpa, Raimundo.

Ele balançou a cabeça.

— Está bem.

— Prometo que não vai acontecer de novo.

O ar escapou da boca de Raimundo. Parecia um misto de espanto e riso que tudo junto significava descrença. Eu mesmo sabia que era quase impossível me controlar.

Eu abaixei as mãos e sorri.

— É, você me conhece... Prometo que vou tentar não deixar acontecer de novo.

Raimundo estendeu a mão para mim.

— Agora dá para acreditar um pouco.

Quando eu apertei a mão dele, Bianca, lá embaixo, puxou uma salva de palmas. Me senti ridículo. Achei que minha cabeça fosse pegar fogo. Para piorar, Zóio avançou abraçando-nos. Desviei o olhar para cima, em direção à janela do segundo andar por onde Seu Edson vigiava o nosso intervalo. Ele acenou para mim e depois mostrou o polegar.

No resto das aulas, passei vergonha de tanto me elogiarem. Cheguei a me arrepender. Se pudesse, eu dobrava os óculos do Zóio no meio.

Antes de ir embora, passei na diretoria.

— Oi, Dona Odete, a senhora tem um minuto.

Ela retirou os óculos e sorriu.

— Duas vezes no mesmo dia, Guto, chega a ser castigo.

— É rápido.

— Diga.

Entrei devagar e coloquei as mãos nos bolsos.

— A dona Valéria passou um trabalho para amanhã. Me ajudaria se eu tivesse o celular.

— Não, Guto. Ainda não.

— Mas...

— Eu sei, ouvi dizer que houve uma cena comovente hoje no pátio. Mesmo assim, não. Você tem outros meios para fazer seu trabalho.

— Meu pai tirou o meu computador.

— Acho que ele fez muito bem. Por que você não vai à biblioteca?

— Biblioteca?

— É, tenho certeza de que você vai encontrar tudo o que precisa.

— Tá.

Saí sem discutir. Não adiantaria nada.

"Cena comovente? Cena vergonhosa, isso sim. E imagina que eu, depois de fazer papel de palhaço, iria à biblioteca. Perambular entre os japoneses e os CDFs. Aí, sim, seria o fim. O vexame completo!"

Tudo por causa do Raimundo e daquela branquela que chegou querendo mandar em todo mundo! Com certeza ela tinha algo a ver com o Abreu dar em cima da Paula... E da Paula ficar com ele.

"Se a Paula quer fazer ciúmes, eu é que não vou cair nessa."

Fui para casa com aquilo na cabeça. Depois do almoço, não voltei à escola para a aula de Educação Física. Era bem capaz de quebrar o Abreu no meio.

Começou a chover e só parou no fim da tarde. Fui ao quintal e comecei a bater bola. Na verdade, eu chutava a bola com toda força contra o muro do fundo. Ela voltava, eu ajeitava e mandava ver. Espirrava água para todo lado. Minhas pernas molhadas até os joelhos não paravam. Um chute após o outro.

— ***GUTO!*** — gritou meu pai atrás de mim.

Eu parei a bola que voltava do muro e rolei para ele.

Meu pai chutou bem mais fraco do que eu. A bola fez um barulho chocho ao bater contra o muro e voltou rolando devagar. Eu emendei o chute sem parar a bola.

— Chutinho fraco o seu, hein, pai!

Ele chutou com a mesma força da vez anterior.

— Digamos que eu não estou com raiva de nada.

Parei a bola com a sola do tênis e olhei para meu pai. Ele veio até mim e passou a mão por meu ombro, me abraçando.

— A volta às aulas depois da suspensão foi tão ruim assim?

Bufei.

— Digamos que eu não podia imaginar nem a metade...

— Quer me contar?

— Querer eu não quero...

Mas contei, contei tudo, com os maiores detalhes que podia me lembrar.

— Bom, Guto, para mim não pareceu tão ruim. Você conseguiu colocar uma pedra no assunto da suspensão. A Paula é uma moça excelente, mas sempre tive a impressão de que você a namorava só por ela ser a menina mais bonita da classe com aqueles olhos azuis. Por fim, você emburrou com essa aluna nova sem conhecer direito. Tudo vai se encaixar.

— Pai, você não imagina a vergonha que eu passei no pátio! O Zóio me fez abraçar o Raimundo e todo mundo aplaudiu.

Meu pai gargalhou.

— Essa eu queria ver. Você deve ter ficado um pimentão!

— Não tem graça.

— Só não tem graça porque foi com você, não é mesmo?

Respirei fundo, me desvencilhei de meu pai e mandei outro chute.

— Que bom, Guto! Esse já saiu mais fraco.

— Verdade... — mais uma vez parei a bola com a sola. — A mamãe me ligou de novo perguntando da escola.

— E o que você disse?

— O que combinamos. Tudo tranquilo, não contei nada da suspensão. O celular, falei que quebrou. Mas ela parece desconfiar... Você falou com ela?

— Sua mãe me ligou ontem de novo. Tenho insistido na história que você inventou.

— Valeu!

— Mas você apronta demais, Guto. Bem mais do que eu no meu tempo do Estadão. Só vou te dizer uma coisa: tome bastante cuidado, sua mãe também estudou no Estadão e a Dona Odete estava na nossa sala.

— Você já me contou isso várias vezes.

— Já, mas parece que você esquece. Qualquer hora dessas a Dona Odete liga para a sua mãe e já viu...

— Tá, eu vou tomar cuidado. — Rolei a bola e ele chutou fraco. — Pai, você trouxe o meu computador?

— Não. Só vou trazer quando a Dona Odete te devolver seu celular. Ela devolveu?

— Droga, pai. Não. E eu tenho de fazer um trabalho para amanhã. E não me pergunte da biblioteca. Eu não vou lá!

— Ah, meu filho, a vida é bem mais simples. Vamos lá. É trabalho sobre o quê?

— Albinismo.

— Ah, isso é interessante. Você sabia que a sua bisavó era albina?

— Não. Qual bisavó?

— A mãe de meu pai.

— Você nunca me contou.

— É que eu mesmo não a conheci, ela morreu muito jovem. Pelo que me lembro foi doença de pele, mas naquela época era difícil diagnosticar. Provavelmente foi câncer.

Começaram a cair algumas gotas.

Entramos em casa e meu pai contou um monte de coisas sobre minha bisavó albina, mas a única coisa que talvez fosse útil para a aula era o câncer de pele. Então consegui convencer meu pai a me emprestar o celular e pesquisei.

Não demorou muito, encontrei umas coisas bem úteis que nem precisei anotar.

Fui dormir com a certeza de que a branquela ia pagar caro e eu ia me divertir um montão.

TERÇA-FEIRA

A minha terça-feira começou melhor do que a segunda. Pela manhã ainda chovia, mas parou antes de eu ir para a escola. Bom sinal, achei mesmo que as coisas voltariam ao normal.

As duas primeiras aulas foram de Português. Se eram cansativas, foram insuportáveis com a participação constante da branquela. Desta vez, os cabelos à minha frente estavam presos num rabo de cavalo que balançava bem na minha cara quando ela falava.

Precisei controlar para não puxar os fios soltos na sua nuca.

Eu mal podia esperar a terceira aula. Acho que foi a primeira vez que eu gostei de ver a professora Valéria entrar na sala.

Ela passou a primeira metade da aula explicando sobre genética, coisas tipo genes recessivos e dominantes. Então chamou a branquela.

— Bianca, você ainda está disposta a participar da aula?

— Claro! — A branquela se levantou e foi para a frente da lousa. Quando se virou, sorria.

— Muito bem, Bianca — disse a professora —, vamos fazer assim. Primeiro você faz as perguntas. Quem souber, levanta a mão e responde. Depois os alunos farão as perguntas.

"E aí eu começo a sessão destruidora de sorriso pálido!"

— O albinismo é uma doença genética ou não?

Rita levantou a mão.

— Sim!

— Por que o albino é mais claro que os outros?

Raimundo levantou a mão.

— Os albinos não produzem melanina.

"Quanta pergunta boba!"

A branquela não parava de sorrir. Fez um monte de perguntas. Cada um da classe respondeu, menos eu.

Então começaram as perguntas para ela.

— Seus pais são albinos?

— Não, meus pais não são albinos, mas têm o gene.

...

— Uso óculos escuros porque meus olhos são muito sensíveis. Eu quase nunca tiro.

...

— Eu me sento na frente porque tenho movimento rápido e involuntário dos olhos. Eles chamam isso de nistagmo.

...

— Meus olhos são vermelhos. Não tenho nenhuma pigmentação.

Alguém, acho que foi o Rafa, murmurou um "Uau!".

— Olhos vermelhos? — perguntou Rita. — Podemos ver?

— Não. — O sorriso da branquela desapareceu por um momento. — Sou muito sensível à luz.

Então as perguntas se acabaram.

— Muito obrigada, Bianca! — disse a professora.

Levantei a mão.

— Eu!

O sorriso da branquela mudou, uma sobrancelha apareceu acima dos óculos escuros.

A classe silenciou.

— Pode perguntar, Guto.

— Resumindo, você tem um *Distúrbio Genético*?

— Guto! — A professora Valéria colocou as mãos na cintura e se adiantou.

A branquela colocou a mão no ombro da professora.

— Pode deixar, eu sei me cuidar.

Um burburinho percorreu a classe.

Eu sorri e me debrucei sobre a carteira.

— É assim que eu gosto.

Zóio no canto da sala fazia sinal para eu parar. Pisquei para ele.

— Então, Guto, se você ainda não se arrependeu, poderia repetir sua pergunta, por favor?

— Com prazer! — fiz uma pausa e emendei: — Resumindo, você tem um *Distúrbio Genético*?

— Exatamente, mas trata-se de um distúrbio que afeta minha pele e minha visão, não chega a ser um *Distúrbio Mental!* — Alguns alunos riram. — Mas se o seu *Distúrbio* está dificultando você de entender, eu posso desenhar na lousa...

A classe gargalhou, alguns alunos atrás de mim bateram na mesa. A professora Valéria segurava os lábios entre os dentes. Meu rosto começou a esquentar.

— Muito engraçadinha! — falei quando o barulho diminuiu. — Você sabia, Bianca, que na África eles mutilam os albinos para rituais de magia? Chegam a vender a mão por mais de setenta mil dólares!

O sorriso sumiu do rosto dela.

— Eu sabia, sim. É muito triste, a que ponto chega a ignorância humana...

— Melhor você não ir para lá! Já pensou você saindo do hospital e encontrar na esquina a sua mão numa cumbuca rodeada de velas?

Houve alguns comentários:

— Que nojo!

— Para, Guto!

— Ahhh, não!

A branquela pareceu esperar a classe silenciar e então sorriu.

— Verdade, Guto, mas tudo tem seu lado positivo!

— E tem lado positivo?

— Pelo menos eu valho alguma coisa. Anuncia seu corpinho na internet e veja se alguém faz uma oferta!

— Uuuuhhhhhh! — ressoou pela classe.

Minhas orelhas queimavam.

Outra vez ela esperou o silêncio.

— Mais alguma pergunta, Guto?

— Você sempre tem resposta para tudo?

Ela balançou a cabeça de um lado ao outro.

— Não, Guto, nem sempre, mas para perguntas bobas como as suas, eu sempre acho uma resposta.

— UUUUUUUHHHHHH!

A professora Valéria tapou a boca, sua barriga sacolejava. Uma lágrima escorreu do rosto dela.

Me levantei e saí da sala. Eu descia as escadas quando tocou o sinal do intervalo. Fui ao banheiro, passei pelas pias e me tranquei na última casinha.

Eu me sentia um tonto me escondendo dentro do banheiro, mas não consegui pensar em outra solução.

Outros alunos chegaram. Reconheci a voz do Zóio.

— Puts, Abreu, o Guto vai acabar suspenso de novo.

— É, quando ele fica fora de controle faz cada uma. Ainda não conversei com ele sobre a Paula.

— Ele não gostou nadinha disso.

— Como assim, você contou?

— Eu não quis mentir. Cedo ou tarde o Guto ia ficar sabendo, mas eu defendi você. Ele vai ter de aguentar.

Minha vontade era sair e enfrentar o Abreu, mas era só vontade, não me sentia com coragem suficiente. Talvez outra hora.

Os dois saíram.

Fiz xixi e saí. Me encostei na mureta da escada para o pátio aberto. Zóio, vindo não sei de onde, chegou logo em seguida.

— Que porcaria foi aquela, Guto?

Olhei para ele. Pensei que estivesse rindo, mas me pareceu preocupado de verdade.

— Pois é — eu abri os braços —, vou falar o quê? Me ferrei! Eu só queria colocar a branquela no lugar dela.

Zóio cruzou os braços e abaixou a cabeça até encostar o queixo no peito.

— O que foi, Zóio?

Ele levantou a cabeça e apertou as sobrancelhas. Parecia tentar olhar a turma que já saía da cantina e voltava desviando das poças de água.

— Cara, está difícil te defender. Para de querer brigar com todo mundo. A Bianca é legal e ela não tem nada a ver com você ter feito aquela porcaria com o Raimundo.

— Pô, Zóio, vai começar a me dar lição de moral?

— Estou tentando ajudar.

Eu desencostei da mureta e dei dois passos até o primeiro degrau. A branquela voltava com Raimundo de um lado e Rita do outro. A conversa entre eles parecia animada. Rajadas de vento levantavam e abaixavam a aba do chapéu e a branquela o segurava com a mão. A outra segurava um picolé pela metade.

— Tive uma ideia!

— Guto!

Ignorei o chamado do Zóio e desci a escada.

Meti as mãos nos bolsos e caminhei em direção aos três, na verdade ia de frente para a branquela.

Nos encontramos debaixo da árvore.

— Oi, Bianca, posso conversar com você?

Ela levantou os ombros.

— Claro!

— Poderia ser a sós?

Raimundo e Rita olharam para ela. Os dois pareciam perguntar mentalmente: "*Tem Certeza?*".

— Pode, sim.

Quando os dois se afastaram ela ergueu o sorvete.

— Quer um pouco?

— Não, obrigado.

Eu encarava aquelas lentes escuras. Não dava para ver nada do outro lado. Pareciam os olhos de uma mosca.

"Uma verdadeira mosca branca!"

Gargalhei.

— Do que você está rindo?

— Nada, não. Desculpa.

Bianca sorriu.

— O que você quer falar comigo?

— Bem, eu acho que fui um idiota ontem e hoje.

Ela chupou o sorvete e ficou séria, mas não disse nada.

— Queria te pedir desculpas. — E tirando a mão do bolso, a estendi.

Ela olhou para minha mão, depois para o sorvete. A aba do chapéu dela balançava. A branquela hesitou.

"Solta esse chapéu que quero ver ele voar longe. Tomara que caia numa poça!"

Ela soltou e apertou a minha mão, eu segurei-a mais do que o normal. Então bateu uma rajada de vento e o chapéu voou para cima de mim.

Aí, aconteceu tudo muito rápido. Soltei a mão dela para tentar me proteger do chapéu. A branquela também levantou o braço. Bati no chapéu que voou longe. Eu abaixava o braço, quando percebi a branquela adiantando a cabeça, mas foi tarde demais. Meus dedos bateram na lateral dos óculos escuros e eles saíram rodopiando para o lado.

Então o grito. Insuportável. Achei que ficaria surdo, que os vidros da escola quebrariam. Abaixei a cabeça, tapei os ouvidos e comecei a andar para trás.

Alguém me agarrou pelas costas.

— Sai! — reconheci a voz do Abreu.

Paula foi a primeira a chegar na branquela e abraçou-a escondendo a cabeça da outra com seu corpo. Os gritos diminuíram e deram lugar aos soluços.

Abreu me arrastava para longe.

— Me solta, Abreu, foi um acidente!

Raimundo pegou os óculos escuros e os levou a ela.

— Chega, Guto! — sussurrou Abreu em meu ouvido. — Para de se meter em confusão!

Rita e Zóio chegaram até Bianca.

— Deixa ele comigo! — Era Seu Edson. Ele me pegou pelo braço e me levou para a diretoria.

Quando entrei na sala de Dona Odete, ela se levantou com um sorriso, mas seus olhos pareciam tristes, decepcionados.

Seu Edson contou que viu pela janela do segundo andar eu bater nos óculos escuros da Bianca e fazê-los voar longe.

— Quando a menina começou a gritar, eu desci correndo.

"Não vai colar! Dizer que foi acidente, não vai colar. Vai ser a minha opinião contra a de todo mundo. Acho que desta vez nem o Zóio vai me defender."

Aquela voz que me empurrou para a confusão começou a dizer que aquilo não era nada, afinal *"nós já nos safamos de outras piores!"* A vozinha mansa estava ali bem próxima, eu sentia, mas ela não falava nada.

— Obrigada, Seu Edson. Pode sair e feche a porta, por favor.

Quando a porta bateu às minhas costas, Dona Odete se sentou e abriu os braços.

— Qual a novidade, Guto?

Meti as mãos nos bolsos, quieto.

— Desembucha, Guto! — e bateu as mãos na mesa.

— Seu Edson já contou tudo.

— Sim, e eu já o escutei. Agora eu quero ouvir você.

— E vai fazer alguma diferença?

— Acho que não, mesmo assim você vai falar.

Eu fechei os olhos.

"Fala, Guto." — Sussurrou a vozinha mansa, mas aquilo parecia perda de tempo. *"Não é perda de tempo, não. Conte a sua versão. O que ela vai pensar é responsabilidade dela."*

Abri os olhos. Dona Odete seguia ali à espera.

— Está bem. Vou contar. Eu estava na escada com o Zóio. A bran..., quer dizer, a Bianca voltava da cantina. Ventava. Ela segurava o chapéu e tomava um sorvete. Achei que seria engraçado se eu fizesse o chapéu dela voar. Fui até ela, estendi a mão e pedi desculpas. Ela apertou minha mão e eu segurei firme até bater uma rajada de vento. O chapéu voou sobre mim, tentei me defender, mas a Bianca também se mexeu e minha mão acabou batendo nos óculos dela. Foi um acidente os óculos caírem. O chapéu voar, não.

Dona Odete assentiu com a cabeça, mas em seguida balançou-a de um lado para o outro.

— Me diz uma coisa. Tinha muita gente no pátio?

— Claro.

— Se eu chamar elas aqui, quantas você acha que vão contar a sua história e quantas a história do Seu Edson?

— Eu sabia que não adiantaria nada. Claro, Dona Odete, todas vão contar o mesmo que Seu Edson.

— E agora, Guto, o que nós vamos fazer?

Eu ri.

— Nós? Acho que é a senhora quem decide.

— Engano seu. Eu não decido, eu sigo as regras. — Ela abriu uma gaveta e retirou um livro cinza, sem nada escrito na capa, e bateu-o na mesa. — Estas regras.

Segurei as mãos atrás das costas e esperei ela continuar.

— E sabe o que eu devo fazer segundo estas regras?

Eu assenti com a cabeça.

— Vou ser expulso, né?

— É.

Então ela apoiou a cabeça na mão direita, abaixou o olhar para o livro e começou a tamborilar na mesa com os dedos da outra mão.

Ela tamborilava e tamborilava.

Às vezes piscava.

Só isso.

Senti vontade de coçar minha orelha, mas não me mexi.

Tamborilava...

— Dona Ode...

— Calado, Guto! — Ela parou os dedos. — Não vê que eu estou tentando salvar a sua pele?

Engoli em seco e esperei.

Dona Odete voltou a tamborilar. Tocou o sinal do fim do intervalo. A diretora seguia calada. Eu esperei.

Finalmente ela ergueu a cabeça, ajeitou os óculos no nariz e me encarou.

— Eu acho que tenho uma solução.

Eu queria perguntar o que era, mas ela falaria com ou sem a minha intervenção. Esperei.

— Podemos fazer um acordo.

— Acordo?

— É, Guto. Preste bem atenção! — Eu dei um passo à frente e soltei as mãos de trás das costas. — Eu vou te dispensar por hoje. Você vai levar os papéis de sua transferência ao Padilha. Quero ter notícia ainda hoje, sem falta. Entendido?

— Sim. Mas e se eu não for no Padilha?

— Eu já vou deixar sua expulsão pronta e assinada. Se eu não receber a confirmação da sua transferência, hoje mesmo encaminho sua expulsão para a Secretaria.

— Então eu não tenho opção?

Dona Odete riu.

— Tem. Transferência ou Expulsão. Você é quem decide!

Eu não queria decidir porcaria nenhuma. Queria continuar no Estadão, mas ser expulso... Isso estava fora de cogitação. Talvez conseguisse passar de ano no Padilha e pedir nova transferência para o Estadão no ano seguinte. Era uma possibilidade. Talvez conseguisse fazer tudo isso sem minha mãe saber.

— Está bem, pode preparar os papéis que eu vou convencer meu pai a assinar.

Bateram na porta.

Dona Odete ou não ouviu ou ignorou.

— Você tomou a decisão certa, Guto.

Bateram novamente.

— Será que as pessoas não percebem que quando a porta está fechada é porque não queremos ser interrompidos? — Ela fez uma careta e virou-se para a porta. — ***QUEM É?***

Ouvi a porta ranger atrás de mim.

— Com licença, Dona Odete.

"A branquela? Agora é que vou ser expulso de vez!"

— Bianca?

— Sim, senhora. Posso entrar?

— Venha, mas você não deveria estar em aula?

— Eu estava — a voz dela foi se aproximando —, mas como o Guto não chegou, pedi para a professora me deixar vir aqui.

Ela parou ao meu lado, mas não virei a cabeça.

O braço dela roçava no meu cotovelo. Pensei em dar um passo para o lado, mas achei que seria pior.

— E o que você quer, Bianca?

— A senhora ouviu o Seu Edson e o Guto, mas não me ouviu. Eu gostaria de contar o que aconteceu.

— Bianca, eu não acho necessário.

— Por favor, eu insisto.

— Está bem.

Então, conforme a Bianca falava, eu senti que meu rosto esquentava, comecei a suar. Ela contou tudo, em detalhes, quase idênticos. Idênticos aos meus?

Olhei para ela.

— Então, eu gritei porque os óculos caíram e meus olhos arderam, mas Guto não derrubou meus óculos por querer. Foi um acidente.

— E o que você ganha com isso, Bianca?

— Nada, mas fico tranquila sabendo que o Guto não foi prejudicado por um acidente que aconteceu entre nós dois.

— Sei, mas ele me contou que queria fazer seu chapéu voar longe.

Bianca riu.

— É verdade, como eu fui boba. Ele me pareceu tão sincero com aquele pedido de desculpas e a mão parada no ar. — Ela me olhou. — Eu cedi e soltei o chapéu para apertar a mão dele. Só me dei conta quando percebi que o aperto dele era firme e demorado.

— Então, Bianca, se ele não tivesse feito esta brincadeira de mau gosto, nada disso teria acontecido.

— Nada disso teria acontecido se eu não soltasse o meu chapéu. E isso foi uma decisão minha.

Quando me dei conta, minhas pernas tremiam. O suor escorria pelo meu rosto.

— Muito bem, mocinha. Obrigada por sua empatia. — E virando-se para mim, disparou: — E você, senhor Guto, é um rapaz de muita sorte! Podem voltar para a sala de aula.

Bianca se virou e começou a sair. Eu permaneci ali plantado, como se alguém tivesse pregado meus pés no chão.

— Vamos, Guto.

Antes de me virar, consegui sorrir para a diretora. Ela retribuiu o sorriso e piscou para mim.

No caminho para a sala, a branquela roçava o braço no meu. Eu me afastei, mas ela veio para o meu lado mesmo assim.

— Eu não acreditei na sua história de não querer me prejudicar.

Ela riu.

— Menti mesmo.

— Por que você fez isso?

— Porque preciso de você no meu grupo de História.

Eu parei.

— Como assim? Que grupo?

Ela parou e se virou para mim.

— Na semana passada foram feitos os grupos para o trabalho de História. Temos de entregar no fim do mês.

— Eu já tenho grupo e não é com você.

— É sim. Eu, você, o Raimundo e a Rita.

— Você está de sacanagem! — desviei dela e fui a caminho da sala.

"Que droga! Se eu pedir para trocar de grupo, vão dizer que é por causa do Raimundo!"

A branquela passou por mim e chegou primeiro à porta da sala. Ela segurou a maçaneta e me olhou sorrindo.

— Você não vai se livrar de mim tão fácil assim. — Ela abaixou a maçaneta e entrou. — Professor, eu trouxe a ovelha desgarrada!

A classe riu, alguns aplaudiram.

Eu me afundei na minha cadeira e não levantei a cara do caderno. Demorou, mas a aula acabou.

Fui para casa almoçar. Voltei no meio da tarde para a aula de Educação Física.

Foi a primeira vez que Abreu e eu não jogamos futebol de salão no mesmo time. O professor, como sempre, era o juiz.

No primeiro lance, ele passou por mim e acertou o travessão. Eu recebi a bola do Zóio e parti para o ataque. Abreu roubou a minha bola e eu passei a perna nele.

— Guto — gritou o professor —, o que foi isso?

— Nada, cheguei atrasado.

Abreu, caído no chão, esfregava o joelho. Quando passei, ele me estendeu a mão para ajudá-lo a se levantar. Ignorei.

Pouco depois, ele passou por mim, esquivou minha rasteira e largou o cotovelo na minha cara.

Assim que caí, eu me levantei e parti para cima dele. O professor chegou entre nós.

— O que deu em vocês?

— Nada! — respondeu Abreu.

— Tudo! — eu emendei.

O professor me agarrou pelo colarinho torcendo a minha camiseta. Fez o mesmo com a outra mão no Abreu.

— Se vocês têm um problema, vão resolver fora da quadra! — e começou a nos arrastar para a lateral. — Sentem-se e conversem.

Ele nos empurrou para o banco de reservas.

— E se alguém encostar no outro, levo para a diretoria!

O professor se afastou e recomeçou o jogo. Eu assisti para não ter de olhar para o Abreu.

— O que deu em você, Guto?

— Cala a boca!

Ele calou, mas por poucos segundos.

— Tudo isso por que eu estou namorando a Paula?

Eu fiz que não ouvi.

— Ela não quer saber de você.

— Não fala porcaria!

— E tem outra. Eu nunca dei em cima dela enquanto vocês namoravam!

Eu olhei para ele.

— Nós brigamos, mas não terminamos.

— Não foi o que ela me disse.

— Ela é a minha namorada.

Ele riu.

— Você está rindo do quê?

— Cresce, Guto. Ela não é de ninguém. Hoje ela está minha namorada. Sacou?

— Vai se danar!

— Vê se cresce!

Abreu se levantou e acenou para o professor.

— Se alguém quiser sair, eu entro.

Fui embora.

Eu bombardeava o muro do quintal com a bola. Um chute atrás do outro.

— De novo, Guto?

Continuei chutando.

Meu pai entrou na minha frente e interceptou a bola.

— Você parece pior hoje... — e chutou a bola chocha de sempre.

Do jeito que a bola voltou mansa, emendei outra bicuda.

— Vai me contar ou não.

— Você quer em detalhes ou resumido.

— Foi tanta coisa assim?

Eu dei de ombros e rolei a bola para ele.

Meu pai parou a bola.

— Comece pelo resumo.

— Quase fui expulso...

— PORRA, GUTO! O QUE VOCÊ FEZ? — ele emendou uma bicuda e a bola desapareceu por cima do muro.

— PAI!

— DEPOIS VOCÊ PEGA A BOLA, ME EXPLICA ISSO DE EXPULSÃO. — Ele esfregou as mãos no rosto. — ***SE SUA MÃE FICAR SABENDO, VAI DIZER QUE EU NÃO SEI CUIDAR DE VOCÊ. VAI ENTRAR NA JUSTIÇA PARA VOCÊ MORAR COM ELA. É ISSO QUE VOCÊ QUER?***

— Não, pai. Calma. Eu não fui expulso, já disse: foi quase.

— Quão perto de ser expulso estava esse "*quase*"?

"*Quase 100%...*"

— Pai, a Dona Odete até achou uma solução...

— Solução?

— É, me transferir para o Padilha, mas...

— Padilha? Sua mãe odeia o Padilha, você está cansado de saber! Você vai ser transferido para o Padilha?

— Não, pai, mas quase.

— Outro "*quase*"?

— Pai, eu quase fui expulso e quase fui transferido por engano, houve um mal-entendido, acharam que eu fiz de propósito, mas foi um acidente. Já foi tudo explicado.

— Olha aqui, Guto. Eu faço de tudo para te proteger e não deixar sua mãe saber das suas aprontadas. Quando sua mãe me ligou, ela queria saber se você estava envolvido na matéria sobre *bullying* no Estadão.

— Caraca, pai, você não me contou.

— Não, mas estou contando agora. Para a sua sorte, como menor de idade, seu nome não pode aparecer nestas notícias. Mas deu trabalho para convencer a sua mãe.

— Putz...

— É. Agora você vai me prometer o seguinte.

— Ah, pai!

— Você não vai mais se meter em encrenca até o final do ano. Senão, você vai morar com sua mãe.

— Mas vocês têm um acordo assinado. Ela não pode exigir, precisa entrar na justiça.

— Não, ela não pode exigir. Mas eu posso renunciar à sua guarda.

Meu queixo caiu. Meu pai se virou e entrou em casa.

Quando entrei, meu pai já tinha se trancado no quarto. Era a maneira dele de não estender uma conversa.

Jantei sozinho e fui deitar.

Às dez horas, ou dez e pouco, começou a passar o vigia noturno. Com sua moto e a buzininha aguda, fazia-se presente a cada quinze minutos.

Como queria ter o meu celular para ver o que tanto a branquela colocava no grupo. Mas, na verdade, era o Abreu que não saía da minha cabeça. Nunca pensei que a gente brigaria, muito menos por uma namorada. Mas era a Paula, ou não era? Talvez fosse essa minha vontade de enfrentar tudo, de causar problemas. Eu não me preocupava com a Paula, mas me preocupava com o Abreu. Talvez fosse hora de deixar passar e manter a amizade.

Se eu estivesse com meu celular, ligaria para o Abreu.
"Amanhã eu tento falar com ele."

QUARTA-FEIRA

Acordei de madrugada com os trovões. Chovia com vontade. Tateei em busca do meu celular.

— Droga, esqueci que está com a Dona Odete.

Não consegui mais dormir. Virei de barriga para cima e fiquei observando o quarto se iluminar com os relâmpagos.

Fui para a escola debaixo de água. Ainda parecia noite. O guarda-chuvas só me protegeu do joelho para cima.

Chegou pouca gente. Só eu, Zóio, Rita, Paula, Rafael, Juliana e a branquela, quando tocou o primeiro sinal.

Eu fiquei sentado na minha cadeira, esperando. As meninas conversavam próximas da porta. O Zóio e o Rafael olhavam os celulares.

Caiu um relâmpago seguido de um trovão que tremeu tudo. Algumas meninas gritaram dentro da sala e no corredor. As luzes se apagaram.

A professora faltou. Na hora do intervalo, Dona Odete entrou na sala.

— A luz não vai voltar tão cedo. Vocês estão dispensados. Quem quiser ligar para o pai vir buscar, fiquem à vontade.

— Estamos sem sinal no celular.

— Então melhor esperarem a chuva diminuir.

É, com aquela chuva ninguém queria ir embora. Só a Juliana que resmungou alguma coisa, pegou suas coisas e saiu sem se despedir.

Ficamos ali naquela penumbra. O assunto das meninas acabou, pelo menos as conversas eram pausadas. Rafael iluminava um livro com a lanterna do celular e Zóio rabiscava a carteira.

A branquela se sentou na mesa da professora.

— Bem, já que não vamos ter aula, que tal fazermos um grupo de discussão?

As meninas se aproximaram. Rafael fechou o livro e Zóio continuou rabiscando a carteira.

Eu cruzei os braços.

— Alguém tem alguma sugestão?

— Sugere você, Bianca — disse Rita

Paula levantou a mão.

— Tenho uma ideia!

Até eu me virei para ela.

Paula sorria.

— Vamos aproveitar essa chuva e falar da loira do banheiro.

— Ah, não! — protestei. — Isso é perseguição!

— Sugere, então, você e colocamos em votação! — retrucou Paula.

Eu pensei, pensei mesmo, mas nada de ter uma ideia que pudesse competir com a loira.

Todos me olhavam. Só o barulho da chuva lá fora.

— Tá bom, não tenho nenhuma ideia melhor.

Paula esfregou as mãos.

— Alguém aqui já viu a loira do banheiro?

Ninguém se manifestou.

— E medo? Quem já teve medo da loira do banheiro?

Todas as meninas e Rafael levantaram a mão.

Paula continuou:

— Quem acredita na loira do banheiro?

A branquela levantou a mão.

Todos riram.

— Qual o problema? Eu acredito.

Eu me levantei.

— Qual é, Bianca, quantos anos você tem?

— Dezesseis. — Ela sorriu. — Vocês conhecem a origem da lenda da loira do banheiro?

Todos negaram.

— Posso contar?

Ela não esperou a resposta.

— Vem de Guaratinguetá. Eu morava lá, lembra que eu contei?

Rita e Paula assentiram com a cabeça.

— Então, Maria Augusta de Oliveira Borges era a filha do Visconde de Guaratinguetá. Ele a obrigou a se casar aos catorze anos com um homem influente de trinta e cinco!

— Isso pode? — perguntou Rita.

— Pode o quê?

— Tudo. O pai obrigar a filha se casar? Com catorze anos? Com um homem bem mais velho?

A branquela mordeu os lábios.

— Estranho, né? Mas isso aconteceu em 1880. Naquele tempo tudo isso era normal.

— É, ainda tinha escravidão — disse Rafael.

— Então — continuou Bianca —, quando Maria Augusta completou dezoito anos, vendeu suas joias e fugiu para Paris. Isso para a época era inconcebível. Maria Augusta é um símbolo da liberdade feminina.

— Mas como ela se tornou a loira do banheiro? — perguntei.

— Ela morreu aos vinte e seis anos em Paris. Seus pais mandaram trazer o corpo de volta para Guaratinguetá. Parece que no navio o caixão foi violado e o atestado de óbito sumiu. Ninguém sabe a causa da morte dela. A mãe colocou Maria Augusta numa urna de vidro na casa onde morava. Depois de ter muitos pesadelos, a mãe concordou em enterrar a filha. Em 1902 a casa virou uma escola e os alunos começaram a ver o fantasma dela nos banheiros.

Caiu um relâmpago.

— A loira do banheiro é mais do que uma simples lenda. Ela é o símbolo da luta pelos direitos das mulheres.

— Eu nunca ouvi falar.

— Depois pesquisa na internet, vai ver que eu falo a verdade.

— E só isso faz você acreditar que ela existe?

— Claro!

Eu não consegui me segurar.

— Mas você é boba mesmo!

Zóio se levantou.

— Vocês dois vão começar de novo?

Eu ri.

— Se ela acredita, vou!

Ela respondeu na mesma hora.

— Se ele não acredita, vou sim!

Zóio esfregou o rosto.

— Eu desisto!

— Qual a sua proposta, branquela?

A sala silenciou.

— Você está ficando saidinho, Mário Augusto...

Ela pulou da mesa.

— Isso é muita coincidência!

— Isso o quê?

— Seu nome. Seu nome é Mário Augusto o quê?

Eu gelei.

Podia ser verdade ou ela inventou? Eu tinha o mesmo nome da loira do banheiro?

— Mário Augusto de Oliveira.

— Meu Deus! — Paula me encarava.

— Espera aí. — Zóio se aproximou. — Como é o nome da loira?

— Maria Augusta de Oliveira Borges.

— Então não é o mesmo. O Guto não tem Borges no nome.

Eu senti minhas orelhas esquentarem.

— O que foi, Guto.

— Zóio, o sobrenome da minha mãe é Borges...

— Não é possível! Mesmo assim, você seria Borges Oliveira e ela era Oliveira Borges.

— Acho que não. — Foi a vez de Rafael se aproximar.

— Não o quê? — perguntei, mas meus olhos não desgrudavam da branquela risonha.

— Naquela época, o sobrenome da mãe vinha por último. Isso quer dizer que os dois são Oliveira por parte de pai e Borges por parte de mãe.

Eu apontei um dedo para a branquela.

— Isso não quer dizer nada! Nós nem sabemos se o nome dela era esse mesmo! Você pode ter inventado só para me provocar.

A Bianca, sorrindo, deu um tapa no meu dedo.

— Isso muda alguma coisa, Guto?

— Não, qual a sua proposta?

— Eu acredito e você não. Então, amanhã, meia-noite, você vai executar o ritual da loira do banheiro aqui na escola.

— Fácil.

— Calma, Guto. Tem de ser meia-noite, você vai transmitir por vídeo no grupo da classe.

Eu abri os braços.

— Aí não vai dar...

— Vai arregar?

— Eu? Claro que não. O que acontece é que a Dona Odete confiscou meu celular. Pedi de volta para estudar e ela negou.

— Vamos fazer o seguinte. Eu providencio o seu celular.

— Quero só ver... Tá bom, suponhamos que você consiga o celular, como é o ritual?

— Tem vários, mas quero que você faça dois: chamar a loira do banheiro três vezes na frente do espelho e chutar o vaso sanitário falando palavrões e o nome dela.

— Isso vai ser fácil. O que eu ganho em troca se a loira não aparecer?

— Eu saio do grupo da turma e devolvo o seu lugar aqui na frente.

— Eu não quero esse lugar. Prefiro outra coisa.

— O quê?

— Você vai fazer só uma pergunta por dia aos professores.

Ela riu.

— Está bem. Mais alguma coisa?

— Não, é suficiente. E se a loira aparecer, o que você vai querer?

— Nada. Só o fato dela aparecer já vai ser o meu prêmio.

A luz voltou.

Ela colocou a mão na testa para impedir a luz de entrar por cima dos óculos escuros.

— Você sabe como entrar aqui à noite?

— Eu me viro.

Zóio deu um tapinha no meu ombro

— Você vai acabar expulso, Guto.

— À noite não tem ninguém aqui. Vai ser moleza.

— ***CARACA!*** — gritou Rafael.

— O que foi? — perguntou Paula.

Rafael rolava o dedo pela tela do celular.

— É tudo verdade... Como ela disse... Tudo... Até o nome...

— Pessoal — Rita tentou gritar, mas até o grito dela era baixo —, eu não estou gostando nada disso. Guto, você quase foi expulso ontem e já está se metendo em outra encrenca.

— Desta vez, eu não vou agredir ninguém.

— Guto, você vai invadir a escola à noite.

Eu passei as minhas mãos nos cabelos e fiz o meu melhor sorriso.

— Rita, eu não vou roubar nada. É só um desafio — desviei meu olhar para a Bianca —, só tem uma maneira de dar errado.

— E qual é? — Rita parecia com medo de ouvir a resposta.

— Se algum de vocês der com a língua nos dentes.

— Concordo — disse Bianca. — Por isso todos nós vamos prometer não contar a ninguém o que acabamos de conversar.

O barulho da chuva voltou a ganhar espaço sobre o nosso silêncio. Caiu um relâmpago. O trovão chegou segundos depois.

A tempestade parecia se distanciar, mas a luz acabou novamente.

Todos nós nos entreolhamos. Zóio fazia cara de decepção. Rafael sorriu para ele.

— O Guto sempre se mete em confusão, mesmo. Não vou ser eu quem vai estragar o desafio dele. — Rafael levantou a mão espalmada. — Prometo!

Paula levantou a mão.

— Prometo!

Rita olhou para Zóio e levantou a mão, tímida, na altura do ombro.

— Fazer o quê? Prometo!

Zóio ergueu seu braço.

— Acho que você vai se ferrar, cabeça dura! Prometo!

Bianca sorriu.

— Prometo! — ela fez uma pausa e me olhou. — Só falta você, Guto.

— Prometo! Prometo que vai ser moleza!

Bianca se virou para a Rita.

— Vem comigo. Você também, Paula. Preciso fazer a minha parte e vocês vão me ajudar.

As três saíram e a sala pareceu mais escura, mais silenciosa.

Zóio foi até a porta. Um grupo de meninas passou correndo pelo corredor. Uma delas gritava "A loiraaa!". Zóio acompanhou com a cabeça. Voltou alguns segundos depois.

— Guto, de novo? Será que você não consegue ficar longe de confusão?

— Relaxa, Zóio, é só uma diversão.

— Que nada, a Bianca fez de propósito e você caiu feito patinho!

— Ué, você não disse que a Bianca era legal?

— Ela é legal, mas desta vez ela quis te sacanear e você caiu.

— E você acha que eu ia dar para trás?

— Nunca, mas sempre tem a primeira vez. Pula fora! Ninguém vai achar que você é um...

— Covarde? — emendei.

— É.

— Talvez ninguém me ache covarde, mas eu vou me achar...

— Deixa, Zóio! — falou Rafael guardando o celular no bolso. — Vai ser da hora! Eu é que não durmo amanhã até ver a transmissão do Guto.

— Nem eu... Até queria ser um pouco como você, Guto, mas se minha mãe me pegasse...

— O segredo está em não deixar a mãe saber.

Fui até a porta espiar o corredor. Tudo vazio.

Primeiro apareceu a voz mansa.

"Guto, escuta o Zóio. Se você escutasse ele ontem, não tinha feito aquela confusão com a Bianca."

A outra voz veio em seguida.

"Qual é? Foi divertido! Dona Odete quase te expulsou da escola!"

"Isso não foi divertido! Pense, quase expulso!"

"Quase. No final, Guto, a gente sempre se dá bem!"

"Escuta o Zóio, Guto!"

Ouvi as vozes das meninas no fim do corredor.

Respirei fundo e voltei para a sala.

— Elas vêm aí. Parecem felizes.

— Legal! — disse Rafael.

— Lá vem porcaria! — disse Zóio.

Elas entraram rindo.

A luz voltou.

— Fácil, hein, Bianca!

— Eu disse!

— Não acredito até agora! — Rita tapou a boca.

Bianca chegou e me estendeu a mão. Nela, o meu celular.

— Como? — hesitei em pegar. — Fácil assim?

Bianca balançou o celular no ar.

— Quem conta?

Paula olhou para Rita.

Rita devolveu o olhar e as duas riram.

— Você! — disseram ao mesmo tempo.

— Desembucha!

— Calma, Zóio. Fala, Rita.

— Eu? — a japonesinha ficou vermelha. — Tá. Tá. Espera.

Ela esfregou as mãos antes de começar.

— Bem, desculpa, Bianca, mas a ideia foi sua. Nós... Nós entramos na brincadeira e ajudamos.

Bianca passou um braço sobre os ombros de Rita e apertou-a.

— Fica tranquila. Claro que a ideia foi minha.

Menos vermelha, Rita respirou fundo.

— Então, nós chegamos na sala da Dona Odete. Ela se assustou com a gente lá e perguntou se você tinha aprontado mais alguma. A Bianca disse que não, mas que estava preocupada com você, Guto.

Eu olhei para a Bianca.

— Você? Preocupada comigo?

A branquela levantou os ombros.

Quem explicou foi Rita.

— É. Ela falou que você ficava segurando um celular imaginário e mexia com os dedos no ar. Eu não acreditei como a Bianca conseguiu falar tudo isso sem rir.

— Que absurdo!

— É, ela até imitou você olhando para a mão, rolando a tela imaginária, ampliando a foto com os dedos.

— E Dona Odete?

— Ela riu. Aí a Paula falou que você ficava o tempo todo pedindo o celular do Zóio emprestado, o coitado não tinha mais paz.

Eu olhei para o Zóio. Ele abriu os braços como se dissesse "*O que você esperava?*".

Me voltei para a Rita.

— E você, o que disse?

— Eu?

— É, você!

Rita tapou a boca e riu aquele "*ri, ri, ri*" dela bem fininho e baixo.

— Eu disse, que quando o Zóio não está por perto, você fica olhando por cima do ombro de todo mundo para espiar o celular.

— Quanta humilhação, eu nunca fiz nada disso!

— A gente sabe que é tudo mentira.

— MAS A DONA ODETE, NÃO! — respirei fundo e passei a mão no rosto com força. — Continua.

— Tá, calma, Guto. Então a Bianca explicou que o castigo de Dona Odete de tirar o seu celular estava fazendo todo mundo pagar. Ela tentou segurar o sorriso, se comoveu mesmo e entregou o celular. Não é ótimo?

— CLARO QUE NÃO! VOCÊS ME FIZERAM DE RIDÍCULO!

— Mas o seu celular está aqui... — Bianca balançava o meu celular no ar.

— Muito obrigado. — Peguei o celular.

— Bem, eu cumpri a minha parte. Só falta você. Amanhã, meia-noite.

Ignorei a Bianca e saí da sala.

Eu devia ter imaginado que ela se aproveitaria da situação para me ferrar com a Dona Odete. Eu mesmo devia ter ido buscar meu celular.

Desci a escada e saí para o pátio coberto. A chuva diminuíra bastante, mas ainda era forte.

Encostei na parede e liguei o celular.

19% de bateria.

As mensagens começaram a entrar.

O grupo da sala chegou a 1.207 mensagens. De minha mãe, 53.

Entrei no grupo da classe. A maioria das postagens era da Bianca. A foto dela com aqueles óculos escuros me fez lembrar da "*mosca branca*".

Ri.

O telefone tocou.

"*Minha mãe?*"

Hesitei.

"*Que droga!*"

— Alô, mãe?

— Meu filho, o que aconteceu?

— Não aconteceu nada...

— Como não? Por que você atendeu o telefone?

"*Você não devia ter ligado o celular.*"

"*Calma, respira fundo!*" — sussurrou a voz mansa.

— Filho?

— Mãe.

— Você não devia estar na escola?

— Calma, mãe, eu estou na escola. Aqui está chovendo muito. Acabou a luz, mas voltou agora há pouco. Não tivemos aula.

— Inundou a escola?

— Não, mãe...

Ela fez um silêncio. Isso era problema.

— Mãe?

Silêncio.

Silêncio.

Silêncio.

— Guto, o seu celular não estava quebrado?

— É, estava.

— E consertou no meio da chuva?

Foi a minha vez de tentar fazer silêncio.

— Guto.

— Guto!

— GUTO!

— Mãe... Ficou pronto ontem, mas só liguei hoje.

Nem eu acreditei nas minhas palavras. A voz em minha cabeça riu. Disse que essa foi a pior desculpa que eu já dei. A voz mansa soltou um suspiro.

— Sei, Guto. Você? Pegou o celular ontem? E deixou para ligar só hoje?

"É, ficou feio mesmo. Não cola de jeito nenhum."

— GUTO, VOCÊ PENSA QUE EU SOU BOBA? ACHO QUE VOCÊ TEM PASSADO MUITO TEMPO COM SEU PAI! EU SEI! EU SEI QUE TEM ALGUMA COISA ERRADA E NÃO É DE HOJE. EU SENTI! E VOU DESCOBRIR.

Ela desligou.

Então me vi sozinho ali no pátio coberto.

Só o barulho da chuva, o resto, silêncio.

"Você está esperando o quê?" — disse a voz divertida. — *"Ela disse que vai descobrir. Se ela falar com seu pai antes de você, vai dar merda!"*

"Das grandes, de novo." — completou a voz mansa.

Tentei ligar para meu pai, mas a linha dele estava ocupada.

Tentei outra vez.

Nada.

— Algum problema, Guto?

— Branquela?

Ela sorriu um sorriso largo, sincero.

— Branquela? Você podia ser mais original.

Me vi com vergonha refletido naquelas lentes escuras gigantes. Não consegui me segurar.

— Mosca branca!

No primeiro momento, a boca da Bianca ficou pequena, mas voltou a sorrir.

— Essa é nova. *Mosca Branca.* Não vou me esquecer disso, Guto.

Isso eu tinha certeza. Ela jamais esqueceria.

Olhei por sobre os ombros dela. Ao fundo, no banheiro feminino, a luz amarelada piscava.

— Você está com medo?

Eu voltei a encarar minha imagem refletida nas lentes escuras. Queria mesmo conseguir focar seus olhos.

— É bom ter medo.

— Como assim?

— Medo é vida. Eu gosto.

A boca da Bianca se abriu, ficou um tempo parada até que falou.

— Acho... — e parou.

Ela engoliu em seco.

Me lembrei de minha mãe e de meu pai.

Olhei a tela do celular.

— Algum problema, Guto? — Ela parecia, do nada, outra pessoa.

— Nada que não tenha solução. Com licença.

Me afastei um pouco e liguei para o meu pai. Ele atendeu quase de imediato.

— Filho, o que aconteceu?

Eu expliquei a ligação da minha mãe e meu fracasso seguinte de ligar para ele.

— Ela é rápida — completei e sem querer, fiz uma pausa. — Ela te ligou, né?

— É...

— É o quê, pai?

Aquele silêncio eu também conhecia. Era meu pai buscando as melhores palavras para dar uma má notícia.

— Então, Guto...

— Então, o quê, pai? Fala logo!

— Ela me pressionou...

— Pai?

— Desculpa, filho...

— O que você falou para ela?

Silêncio.

Eu esfreguei o rosto e olhei por cima do ombro. Bianca seguia ali, de braços cruzados, sorriu.

Me afastei mais dois passos.

— Pai, me conta o que ela te perguntou?

— Ela perguntou se o seu celular estava mesmo quebrado.

Aí eu entendi. A questão não era o celular quebrado ou não. A questão era que ele contou tudo, sobre a suspensão e a quase expulsão.

Desliguei e guardei o telefone no bolso.

Me virei forçando um sorriso.

— Deixa eu adivinhar, Guto. Aquele seu problema que você disse já ter a solução piorou, não é?

Bufei, percebi só quando não tinha mais volta.

— É...

— Precisa de ajuda?

— Não. — Comecei a caminhar e passei por ela. — Sempre me virei sozinho.

— Guto, espera! — a voz dela veio detrás de mim. — Eu preciso.

Parei.

Quando me virei ela teclava a tela do celular, levantou a cabeça e sorriu.

— Guto, meu celular não tem sinal. Preciso ligar para a minha mãe vir me buscar.

Eu me senti um idiota. Achei que ela falaria alguma coisa romântica, sei lá. Perguntar alguma coisa sobre mim..., mas pedir o meu celular?

Se eu fiz cara de idiota, eu não sei, pelo menos achei que a Bianca não percebeu.

Ela só guardou o celular no bolso e deu um passo em minha direção.

— Posso? — e me estendeu a mão.

— Cla-aro! — gaguejei.

Eu desbloqueei meu celular e o entreguei a ela.

Bianca disse com licença já olhando para a tela e se afastou. Digitou e colocou o telefone no ouvido. Esperou. Nada. Colocou outro número.

Alguém atendeu e ela conversou baixinho. Quase não deu para escutar nada, mas ouvi ela pedir para virem buscá-la.

Ela desligou e me entregou o telefone.

— Obrigada. Preciso ir.

A Bianca passou por mim e desapareceu escada acima.

"É a primeira vez que você deixa uma mulher mexer no seu celular. Nem a Paula nunca tocou nele. O que será que ela fez?"

"Relaxa, Guto, ela ligou para a mãe dela."

"Sei. Quanta ingenuidade..."

Olhei o celular.

Entrei no histórico de chamadas. Só uma ligação antes do telefonema para o meu pai.

"Viu? Ela aprontou alguma coisa, fez de conta que ligou para alguém só para disfarçar."

A voz mansa nem se manifestou.

Abri o WhatsApp.

Nenhuma mensagem nova no grupo da classe. Nenhuma mensagem enviada. Nada.

Não imaginei mais nada que a Bianca pudesse ter feito.

Olhei para o banheiro feminino, a luz amarela lá dentro seguia piscando.

Subi as escadas.

Caminhava em direção à minha sala quando Dona Odete surgiu no fim do corredor e acenou para mim.

— Guto!

"O que será agora, meu Deus!"

Nos encontramos quase na porta da minha sala. Parei diante da diretora. Ela parecia preocupada.

— Guto, você não contou para a sua mãe que levou aquela suspensão?

Achei que o meu queixo caiu e da minha boca não saiu nenhuma palavra.

— Ela me ligou. Está uma fera com você e xingou seu pai por quase um minuto inteiro.

Aquilo não me surpreendia, mas por algum motivo, eu sentia que não ia acabar bem. Nenhuma das duas vozes em minha cabeça sequer arriscou me encher.

— Achei que seria bom você saber.

— Obrigado, Dona Odete.

Depois disso eu peguei minhas coisas e fui para casa.

Mal cheguei e meu telefone tocou.

Atendi.

— Abreu?

— E aí, Guto, pode falar?

— Posso.

— Cara, não deu para ir na escola hoje. Você foi?

— Fui, mas você não perdeu nada. — Fiquei pensando se ele já tinha conversado com a Paula, se já sabia do desafio da loira.

— Guto?

— Tô aqui. Tinha pouca gente. A Paula foi...

— Pois é, estou tentando falar com ela faz tempo, mas o celular dela está fora de área.

— Você me ligou para saber da escola?

— Não. — Ele fez um silêncio antes de continuar: — Eu queria te pedir desculpas por ontem à tarde.

Aí fui eu quem ficou quieto.

— Guto, foi mal, mas acho que a gente tem de colocar uma pedra nisso.

"Aproveita que foi ele quem pediu desculpas. A Paula não vale a sua amizade com ele."

— Abreu... Eu também peço desculpas.

Aí veio um silêncio longo, eu não sabia o que dizer. Talvez ele também não.

Por fim parece que ele tomou coragem.

— Então, tá. A gente se vê amanhã.

— Beleza.

Desliguei.

A chuva parou lá pelo meio da tarde. Fiquei deitado na minha cama de porta fechada lendo todo o histórico do grupo da classe desde o dia em que a Dona Odete tomou o meu celular.

Coisa demais. A branquela postava fotos, textos, links e interagia com todo mundo.

Eu estava quase no fim quando ouvi a bola explodir contra o muro do fundo do quintal. Só não sabia qual bola era. A minha ainda seguia na casa da vizinha de trás.

Cheguei ao quintal a tempo de ver meu pai disparar o segundo chute, bem mais forte do que o meu. Parecia que ele nem sequer notara a minha chegada.

— Pai.

Ele emendou o terceiro chute. A bola explodiu no muro e voltou.

— PAI!

Desta vez ele ouviu, mas não parou.

Quarto chute.

A bola voltou para mim e chutei-a.

Parecia competição de quem dava o chute mais forte. Ele. Eu. Ele. Eu... Até que ele chutou a bola e a fez voar por sobre o muro. Na verdade, passou por cima do telhado do vizinho.

Meu pai colocou as mãos na cintura. Ofegava. O suor escorria no rosto vermelho.

— É, acho que acabou a brincadeira.

— Tudo bem, pai?

— O que você acha?

— Claro que não, né? Mas o que aconteceu que eu ainda não sei?

— Sua mãe ligou para a escola...

— Fiquei sabendo.

— Depois ligou para mim.

— E?

— Você não imagina, não é? Ela me chamou de irresponsável, disse que eu deveria ter contado para ela sobre a sua suspensão, falou um monte. — Ele fez uma pausa olhando cabisbaixo para os lados, parecia ter perdido algo. — Ela me chamou de frouxo!

— Pai...

— Cala a boca! Fui frouxo, sim. Deixei você me enganar. Topei não contar a ela, agora... — Ele se calou e me encarou com a boca escancarada.

— Agora o quê, pai?

Ele passou as duas mãos no rosto.

— Agora ela disse que vem buscar você!

— Como assim, me buscar?

— Para morar com ela.

— Ah, pai, você sabe que ela não pode fazer isso! Você tem a minha guarda.

— Tenho, mas a sua mãe me ameaçou. Disse que vai me denunciar ao juiz se você não for com ela.

Eu coloquei as mãos entrelaçadas atrás do pescoço, abaixei a cabeça fechando os olhos.

Isso não estava nos planos. Morar com a minha mãe seria um inferno. Mas se a coisa foi assim como o pai falou, não havia alternativa. Mas ele sempre amenizava as palavras da mãe. A verdade é que devia ter sido bem pior. O que fazer com o desafio da loira do banheiro na noite seguinte? Sair de noite da casa do pai era uma coisa. Esquivar-se do apartamento da mãe seria bem diferente. Impossível, para não dizer outra coisa.

"Aceita, Guto" — sussurrou a voz mansa —, *"há males que vem para o bem. Afinal, esta ideia de invadir a escola de noite não ia acabar bem."*

"Relaxa, parceiro. Até amanhã à noite muita coisa vai acontecer. Você conseguirá se livrar da sua mãe. Desistir, nunca!"

Abri os olhos.

Meu pai me encarava.

— Sua mãe está viajando. Disse que volta amanhã só para te pegar na escola. Acho que ela vai conversar com a Dona Odete. Sugiro que você não apronte mais nenhuma.

QUINTA-FEIRA

Deitado na minha cama, eu observava o teto. De quinze em quinze minutos passava o vigia com sua buzininha. Eu não conseguia dormir. Tentava imaginar como sair do apartamento de minha mãe às onze e meia da noite. Sem chave, precisaria *roubar emprestada* a da minha mãe. Além disso, o que dizer ao porteiro que adorava uma fofoca?

Nada parecia se encaixar.

"Minha mãe não me ligou, nem mandou mensagem."

Olhei meu celular. A última vez que ela acessou o aplicativo foi às nove horas da noite. Nenhuma atividade no grupo da escola também.

Coloquei o celular sobre a barriga e voltei a olhar para o teto.

O celular acendeu.

Branquela [00:37] — Ainda acordado?

"Droga!"

Branquela [00:37] — Preocupado com seu encontro de amanhã com a loira do banheiro?

"Responde essa folgada logo!"

"Desliga o celular e durma. Você já tem problemas demais!"

Branquela [00:38] — Vai me deixar falando sozinha?

Eu [00:38] — não.

Branquela [00:38] — Não? Essa resposta é para qual pergunta?

"Branquela folgada!" — reli as mensagens.

Eu [00:38] — sim
não
não

Branquela [00:39] — Guto, posso te ligar?

Eu [00:39] — espera.

Me levantei correndo e fui até a porta. O quarto do meu pai estava fechado. Tudo silencioso. Quando ele dormia, a casa podia cair que não acordava. Outro problema para a noite seguinte: minha mãe tinha insônia e acordava com qualquer ruído. Fechei a porta e voltei para a cama.

Eu [00:40] — ligar pra q?

Branquela [00:40] — Posso?

Eu [00:40] — vai

Eu abaixava o volume do celular quando tocou.

— Oi. — Tentei falar baixo sem parecer que sussurrava.

— Oi, Guto, tudo bem?

— Claro. O que poderia estar errado?

Ela riu do outro lado.

— Tá rindo do quê, branquela?

— Ah, Guto, *branquela* é bem fraquinho. Se for para zoar comigo, me chama de *mosca branca.*

— Se eu te chamar do que você quer, então não é zoeira.

— Guto, me chamar de *branquela* queima o *seu* filme, não o *meu!*

— Claro, agora você está preocupada comigo?

Ela fez silêncio, daqueles que duram só três segundos, mas que me fez imaginar o que se passava pela cabeça dela.

— A verdade é que estou, sim!

Ri, mas ela não. Ela esperou e eu parei num soluço.

— É sério, Guto. Eu fui uma boba. É que você me irritou no momento em que entrou na sala de aula.

— Eu me assustei!

— Obrigada.

Pensei em pedir desculpas, mas me calei.

— Guto, eu achei muita coincidência você ter sido suspenso falando da loira do banheiro e ter o mesmo nome dela.

— É...

— Mas eu não devia ter te desafiado. Você já tem problemas demais. Se for pego de novo...

— Eu não vou ser pego!

— Guto, vamos parar com isso. Eu converso com todo mundo amanhã e cancelamos.

— Você pode conversar com quem você quiser. Aliás, você é especialista nisso.

— Guto!

— Eu não acabei. Faça o que quiser, amanhã eu cumprirei a minha parte.

— Gu...

Desliguei o telefone.

Branquela [00:42] — MAL EDUCADO!!!

Coloquei o celular sobre a barriga e fechei os olhos.

Quando acordei pela manhã, ainda estava vestido. Não fazia ideia de que horas peguei no sono, mas fiz questão de chegar na escola mais cedo do que de costume. O que me surpreendeu é que o Zóio já estava lá.

— Zóio?

Ele sorriu. Eu joguei a mochila na minha cadeira e me aproximei dele.

— Caiu da cama?

— Quase, Guto, quase. Cara, eu estou preocupado com essa besteira que você quer fazer.

— Relaxa, é só uma brincadeira!

— Pô, pensa um pouco! Toda vez que deu rolo você disse que era só brincadeira.

— E era mesmo...

Zóio tirou os óculos e, espremendo os olhos para tentar ver o que fazia, limpou as lentes na barra da camisa.

Colocou-os de volta e me encarou. Parecia a Dona Odete.

— Esquece esse desafio, Guto.

O grito veio de trás de mim.

— Qual é, Zóio! — reconheci a voz do Rafael. — Você está querendo estragar o melhor da semana?

— Pô, Rafa, me ajuda. Você não vê que o Guto vai se meter em encrenca de novo?

Rafael chegou entre nós. Primeiro me encarou e depois voltou-se para o Zóio.

— Claro que vai dar encrenca! E meu faro diz que vai ser das grandes!

— Tá vendo, Guto! Desiste!

— Eu não vou desistir de nada... — um barulho de vozes veio do corredor. — Vem gente aí.

A sala encheu. Paula e Abreu entraram e acenaram para mim. Rita passou com aquele sorrisinho no rosto. Só faltava a branquela. A professora Valéria entrou e começou a aula.

A carteira vazia à minha frente me incomodava. Preferia aqueles cabelos de palha me irritando.

Peguei meu caderno e comecei a rabiscar. Primeiro, coisas sem sentido, mas depois desenhei o pátio coberto. Os banheiros, a escada para o pátio aberto.

"Por onde vou entrar hoje à noite?"

Atrás dos banheiros, havia uma área da escola fechada aos alunos, era um pequeno corredor separando o prédio do muro. Desenhei-o.

"Esse muro fica na rua Pernambuco, quase ninguém passa por ali."

A porta se abriu. A branquela entrou e, com a boca miúda, pediu desculpas. Eu tapei o meu caderno com a mão. Ela se aproximou e, sem olhar para mim, murmurou:

— Cabeça dura!

Sorri e, depois que ela se sentou, voltei ao meu desenho.

"Só que esse muro é tão alto quanto os outros. Deve ter o quê? Mais de três metros?"

Meu celular tremeu dentro do meu bolso. Retirei-o e ajeitei-o nas pernas para a professora não ver.

Branquela [07:21] — Por que você tampou seu caderno?

Eu [07:21] — eu devia te ignorar

Ela girou a cabeça de um lado a outro, seu rabo de cavalo balançou.

Branquela [07:22] — Resposta errada.

— Bianca! — a professora quase gritou. — Guarde este celular!

— Desculpe, professora.

— Guto, melhor parar de desenhar e copiar a matéria!

— Sim, professora.

Foquei na aula. Sabia que se olhasse para o Zóio, ele iria articular com os lábios algum palavrão.

Mal tocou o sinal e a Bianca desapareceu porta a fora sem olhar para trás.

Eu desci as escadas.

"Vou ver de perto o muro atrás dos banheiros."

Entrei no pátio coberto, olhei para o banheiro feminino. Na porta, uma menina parecia esperar alguém para não entrar sozinha. Lá dentro, a luz piscava. Atravessei o pátio e cheguei na mureta ao lado da porta do banheiro masculino. Um pouco mais de um metro abaixo, o corredor no pátio aberto terminava num muro de dois metros de altura, seguido de outro de alambrado com arame farpado no topo.

"O muro lá de trás não tem arame farpado, mas esse não vai ser fácil, não."

Fiquei ali olhando enquanto pensava em pegar o alicate do meu pai para cortar o arame. Tentava imaginar quanto tempo demoraria para cortar quando abaixei a cabeça e olhei para o chão. Uma canaleta de água coberta com grades passava debaixo do muro.

Pulei a mureta e, me agachando, puxei a grade. Estava solta. No fundo da canaleta passava uma lâmina de água.

"Tem mais de meio metro de largura e uns quarenta centímetros de profundidade. Meio apertado, mas dá para passar. Bem melhor do que enfrentar o arame farpado."

Coloquei a grade no lugar, subi a mureta e entrei no banheiro para espiar, através do vitrô, o muro.

"Tem quase quatro metros. Mesmo se eu me pendurar pelos braços, vai seu um pulo e tanto."

"Quero ver como você vai voltar."

"A gente dá um jeito."

— Guto.

— Abreu?

Ele parou do meu lado e olhou pelo vitrô.

— A Paula me contou.

Eu meti as mãos nos bolsos e segui o olhar do Abreu até o topo do muro.

— Imaginei.

— Você está pensando em pular esse... — ele parou de falar quando alguns alunos entraram no banheiro.

— É. Isso mesmo.

— A Paula pediu para eu falar com você.

Eu olhei para ele e ele para mim.

— Ela acha que acabou te colocando nessa parada.

— Engraçado, né? Bem ela que sempre foi contra minhas maluquices.

— Por isso mesmo, Guto. Ela me pediu para te dizer que acha que você não deve fazer isso.

— Ela sempre querendo mandar... Mandou você vir aqui me mandar...

Abreu riu.

— O que foi?

— Você tem razão, Guto. Mas você sabe... eu gosto dela pacas!

— Eu sei. — Desviei o olhar de volta ao muro. — De boa, eu acho que ela vai ser mais feliz ao seu lado.

— Valeu, Guto. Voltando ao assunto, espero que acabe tudo bem, seja qual for a sua decisão. — Abreu me deu um tapa no ombro e se virou para sair do banheiro.

— ***ESPERA!***

Abreu voltou.

— O que foi?

— Você falou o que a Paula acha, mas não me disse o que você acha?

— Eu?

— Claro! Me diz o que você acha.

Abreu fez um gesto com a cabeça para o vitrô.

— Acho que por ali é mesmo o melhor caminho. Mas tem o muro aí do lado com arame farpado.

— Acabei de olhar lá, vou passar por baixo, pela canaleta de água.

— Você é esperto, acho que vai dar certo. — Ele parou de falar e olhou em volta para ver se nenhum fedelho prestava atenção. — Cara, meia-noite, se estiver chovendo, vai ser tenebroso. Se você conseguir fazer o vídeo, vai bombar.

— Também acho que vai ficar da hora.

— Você quer que eu venha dar uma força hoje à noite?

— Abreu, só vou te dar um conselho: tenta não irritar tanto a Paula. — Ele riu. — Obrigado pela oferta, mas deixa que eu me viro.

— Beleza. Boa sorte, Guto. Vai dar tudo certo. Você sempre acha uma saída.

Eu ri.

Abreu deu as costas e saiu do banheiro.

Saí logo depois. Se eu esperasse um pouco, não veria o Abreu beijando a Paula.

"É um caminho sem volta, mas ainda demora para eu me acostumar."

Caminhei até a escada para o pátio aberto. Lá embaixo a branquela conversava com Seu Edson.

— Guto. — O Zóio me segurou pelo braço. — Eu estou achando muito estranho a Bianca com o Seu Edson.

— Por quê?

— Dá uma olhada.

A branquela falava e o inspetor de alunos ouvia com as mãos às costas. Ele parecia atento demais e balançava a cabeça concordando com o que ela dizia.

— Estranho mesmo.

A Bianca acabou de falar e se virou para nós. Quando me viu, pelo menos eu acho que foi para mim, ela abriu um sorriso e acenou vindo em nossa direção.

Parou lá embaixo, aos pés da escada.

— Pelo menos ainda não choveu hoje...

— E você estava conversando sobre isso com o Seu Edson?

As lentes escuras se desviaram para o Zóio.

— Ele continua cabeça dura, né?

A resposta do Zóio foi levantar os ombros.

— E você vai mudar de assunto assim, sem mais nem menos?

Eu odiava me ver refletido naquelas lentes.

— Guto, você não está com tanta moral assim!

O celular no meu bolso vibrou. Peguei-o.

Mãe [09:41] — Vou buscar você na escola. Me encontre na sala da Dona Odete. Precisamos conversar.

Eu [09:41] — Conversar?

— Problemas? — perguntou a branquela.

— Não — respondi olhando para a tela.

— Pela sua cara...

— Às vezes minha cara não corresponde à realidade.

— E muitas vezes nem suas palavras.

Guardei o celular no bolso.

Zóio ergueu as mãos.

— Calma vocês dois.

— NÃO SE META! — falamos ao mesmo tempo.

Zóio resmungou alguma coisa e subiu para a sala.

Eu desci os degraus até ela. Estávamos muito próximos. Só o meu rosto aparecia nas lentes. Ela me encarava.

— Eu acho que sei o que está acontecendo. Ontem, você conversava com seu pai. A Paula me contou que você mora com ele. Seus pais são separados, né?

Assenti com a cabeça.

— Vocês esconderam a sua suspensão de sua mãe e ela descobriu.

— É, e agora ela vem me buscar na escola. Provavelmente quer me levar para o apartamento dela.

A Bianca sorriu.

— E se isso acontecer vai ser bem mais difícil você cumprir o desafio, imagino.

Forcei um sorriso.

— Verdade, mas eu dou um jeito.

O celular vibrou em meu bolso.

— Espera. — Peguei o celular.

Mãe [09:44] — Sim. Dependendo do que a Dona Odete disser, você vai morar comigo. Hoje mesmo.

— Guto, pare de ser cabeça dura! Tudo e todos estão dizendo para você esquecer isso. Esqueça.

— Branquela... Mosca Branca, mesmo que o mundo se acabe hoje ao meio-dia, à meia-noite eu estarei naquele banheiro chutando a privada.

Ela deu um passo para trás, sua boca se abriu e ficou assim sem dizer nada.

Então o sinal tocou e ela me deu as costas e subiu para a sala.

Antes de segui-la, virei-me para a escada e encarei o banheiro piscante lá no fundo. Tudo dependia da Dona Odete. Eu sabia que se fosse para o apartamento da minha mãe a coisa ficaria feia.

"Ela vai perceber que eu saí, talvez chame a polícia. Escândalo é com ela mesma. Não importa, nem que eu tenha de dar sonífero para a minha mãe, eu venho!"

"Isso eu tenho certeza"

"Eu também não duvido de mais nada..."

Subi para a sala.

O professor de Matemática fechava a porta quando eu entrei.

A aula se arrastou. Em algum momento começou a chover. Eu não falei uma palavra sequer. Em contrapartida, a mosca branca falava pelos cotovelos. Participava da aula e recebia elogios do professor. Ela era uma CDF tagarela.

A aula acabou. A chuva batia contra as janelas. Parecia noite lá fora. Arrumei minha mochila devagar para ser o último a sair. Não queria que ninguém me visse indo para a diretoria.

Atravessei o corredor tentando imaginar o que minha mãe quis dizer com conversar. O normal era a baixinha dar a ordem e eu abaixar a cabeça ou espernear até levá-la aos gritos, o que acontecia bem rápido.

Parei diante da porta. Minha mãe, sentada de frente para a diretora, não me viu.

Dona Odete fez sinal para eu entrar.

— Feche a porta, por favor.

Eu entrei, me virei e fechei a porta.

Quando girei o corpo, minha mãe já estava de pé com as mãos na cintura.

— MÁRIO AUGUSTO!

"...de Oliveira... Borges."

— ME FALE SOMENTE UMA COISA: VOCÊ REALMENTE ACHAVA QUE EU NÃO IA DESCOBRIR?

— Mãe...

Dona Odete se levantou e começou a gesticular às costas de minha mãe. Com as duas mãos espalmadas fazia sinal para eu ir devagar.

Caiu um raio e a janela se iluminou. O trovão ecoou.

Engoli em seco.

— Não, mãe. Você sempre descobre tudo. — *"Se ela soubesse..."*

— DE QUEM FOI ESTA INFELIZ IDEIA DE NÃO ME CONTAR SOBRE A SUA SUSPENSÃO?

Dona Odete piscou para mim e apontou o dedo ao próprio peito.

Senti meu rosto queimar. Enfiei as mãos nos bolsos para não tremer. Olhei para o chão.

"Dona Odete quer que eu culpe ela?"

— ***MÁRIO AUGUSTO, FIZ UMA PERGUNTA E QUERO A SUA RESPOSTA!***

Ergui a cabeça, Dona Odete seguia apontando o dedo ao peito.

— Mãe, a Dona Odete...

— ***A DONA ODETE, O QUÊ?***

A diretora apontou a minha mãe, depois agitou os braços no ar e fez de conta que gritava.

"O que será que Dona Odete está querendo dizer?"

"Isso não vai acabar bem."

"Improvisa, Guto. E rápido!"

— Mãe, a Dona Odete achou melhor não te contar — a diretora fez sinal de positivo com os dois polegares —, disse que você estava passando um momento difícil...

— ***ESTAVA, MÁRIO AUGUSTO? ESTOU PASSANDO POR UM MOMENTO DIFÍCIL!*** — ela se virou, Dona Odete abaixou as mãos rapidamente e assentiu com a cabeça.

— Mãe, desculpa...

— ***DESCULPAR COMO SE, QUANDO EU ACHO QUE ESTOU MELHORANDO, VOCÊ ME APRONTA UMA DESSAS!***

Permaneci calado. Olhei Dona Odete e ela fez sinal de calma outra vez.

— ***O QUE VOCÊ APRONTOU DESTA VEZ?***

— Acho que Dona Odete já te con...

— ***QUERO OUVIR DA SUA BOCA!***

— Está bem.

Então eu contei, contei toda a história com o Raimundo e da suspensão. Acrescentei que Dona Odete pediu para eu não contar e que meu pai não gostou da ideia. Ele sabia que ia sobrar para ele.

— ***MESMO ASSIM O FROUXO ACABOU ACEITANDO ESTA IDEIA MALUCA!***

— Mãe, já está tudo bem, eu pedi desculpas para o Raimundo e ele aceitou.

— Pediu?

— Na frente da classe inteira.

Dona Odete levantou os polegares.

Eu sequei o suor do rosto.

Minha mãe sorriu.

— Mãe, eu até estou no mesmo grupo de trabalho do Raimundo.

— Menos mal! — e então ela se virou para Dona Odete, que escondeu as mãos às costas. — Dona Odete, eu agradeço a sua preocupação comigo, mas espero que isso não se repita!

Dona Odete abaixou a cabeça.

— Mais uma vez, minhas desculpas, Dona Denise. Juro que foi de boa intenção.

— De boa intenção o inferno está cheio! — Ela deu as costas para a diretora e me pegou pelo braço. — Vamos.

— Para onde, mãe?

— Para a sua casa fazer as malas. Você vai morar comigo!

— Mas, mãe...

— Quieto, senão... — e começou a me empurrar.

A porta se abriu e a branquela entrou.

— Dona Denise!

— Bianca!

— Bran...

— Guto!

— Mãe, vocês se conhecem?

— Dona Denise, o Guto é seu filho?

— Essa peste? É! — e abraçou a branquela. — Eu queria mesmo era uma filha como você!

Eu me virei para Dona Odete. Ela levantou os ombros e abriu os braços como quem diz *não pergunte para mim.*

A branquela sorriu e olhou para a Dona Odete.

— Desculpe entrar assim, mas minha mãe não pode me buscar. A senhora teria um guarda-chuva para me emprestar?

Dona Odete se aproximou de nós.

— Preciso ver se tem algum no armário de perdidos e achados...

— De jeito nenhum! — me assustei com a voz de minha mãe. — A Bianca vai comigo.

"O que está acontecendo aqui?"

Minha mãe se virou para a branquela e segurou-a pelos ombros.

— Você aceita uma carona?

— Eu... eu não vou atrapalhar?

— Claro que não! Vamos.

Minha mãe saiu abraçada com a branquela e eu tive de seguir atrás.

Já na porta da escola minha mãe me entregou o guarda-chuva.

— Me leva até o carro e volta para pegar a Bianca.

Obedeci. O que mais eu poderia fazer? No caminho até o carro minha mãe me alertou para eu me comportar, não piorar mais as coisas.

Quando voltei para pegar a Bianca, minhas pernas e meu ombro direito já estavam encharcados. Entrei na escola para tirar umas dúvidas com a branquela.

— De onde você conhece a minha mãe?

— Do *shopping*. Te mandei uma mensagem agora, leia quando chegar no carro. Vamos, senão a sua mãe vai pegar no seu pé.

— Eu que o diga.

Já na rua, ela me abraçou e me puxou pela cintura para debaixo do guarda-chuva. Aquilo despertou meu medo, quis me desvencilhar, mas algo em mim preferiu deixar como estava.

A branquela entrou no banco da frente. Eu, logo atrás dela. Coloquei o sinto e peguei meu celular.

Bianca [12:44] — Guto, presta atenção. Peguei o número do seu pai e da sua mãe ontem do seu celular. Já que você não quer desistir do seu desafio, achei que podia ajudar.

Minha mãe ligou o carro.

— Onde você mora, Bianca? — Eu quase não consegui ouvir.

— No Central Parque.

Eu [12:45] — Você não pegou, roubou.

A chuva caía tão forte que eu não ouvi a mensagem chegar ao celular dela.

Bianca [12:45] — Não começa, estou te ajudando.

Eu [12:45] — Não preciso de sua ajuda.

Bianca [12:45] — Não precisava quanto te salvei da expulsão???

Eu [12:45] — Segundo a sua amiga no volante, você não fez nada mais do que sua obrigação.

Bianca [12:45] — Mal agradecido!

O carro começou a andar.

— Guto.

Ergui a cabeça e encontrei os olhos de minha mãe pelo retrovisor.

— Por que você está tão quieto?

— Estou conversando com o Abreu pelo celular.

Ela olhou para o lado.

— Até você, Bianca, não larga do celular?

— Desculpa, Dona Denise, é a minha mãe. Ela não está em casa e eu não trouxe a chave.

— ***COMO ASSIM?*** — gritei.

— ***GUTO!***

— Desculpa...

Eu [12:46] — VC ESTÁ MENTINDO!

Bianca [12:46] — Claro que estou.

— Minha mãe escreveu que é para a senhora me deixar no supermercado. Eu como alguma coisa enquanto espero ela...

— De jeito nenhum. Você almoça com a gente!

— Imagina, Dona Denise, não quero incomodar.

Minha mãe me olhou pelo retrovisor.

— Você não incomoda, Bianca.

— Deixa eu avisar minha mãe.

Bianca [12:47] — Obrigada pela mensagem. Precisava convencer sua mãe.

Eu [12:47] — Você me paga!

— Minha mãe disse que tudo bem.

— Então vamos ao *shopping.*

Estiquei o cinto de segurança e debrucei entre os bancos.

— Mãe, prefiro ir para casa. Me deixa lá?

— De jeito nenhum!

Me joguei para trás de volta ao banco.

Shopping era tudo o que eu não queria e pior, com a minha mãe... e com a branquela.

Bianca [12:48] — SOSSEGA!

— Dona Denise, agora vou guardar meu celular, senão acabo não conversando com a senhora.

"Essa branquela agora está mandando recado em voz alta?"

"Fica de olho que isso não está cheirando bem."

"Desta vez eu preciso concordar."

"Até que enfim!"

Chegamos ao *shopping*. Lotado. Rodamos e rodamos pelo estacionamento coberto. Nenhuma vaga livre.

Claro, aonde as pessoas vão quando está chovendo?

Minha mãe acabou estacionando do lado de fora e nem pensou em nos deixar no seco. Se deixasse a branquela, eu também desceria. Acho que ela fez de propósito para me castigar.

Lá fui eu levar a branquela de guarda-chuva.

— Guto, para de ser ranzinza — disse e me abraçou.

Aquela mão em minha cintura me arrepiou. Misturava firmeza com suavidade. Senti frio com aquele contato.

— Ranzinza? Isso é palavra que meu avô usava. Me solta!

— Implicante. Chato. Pentelho! — e ela me apertou.

— Qual é a sua? O que você está aprontando?

Ela me olhou e sorriu.

— Você quer ir para a casa de sua mãe?

— Claro que não!

— Então, vê se não atrapalha e deixa comigo.

Chegamos ao *shopping*. Ela demorou a me soltar, sua mão fria parecia grudada na minha cintura.

Voltei para pegar a minha mãe.

— De onde você tirou a ideia de querer ficar em casa?

— Ir no *shopping* com a mãe é chato demais.

Ela me beliscou.

— Ai!

— Comporte-se.

— Vou tentar.

Acabamos comendo comida vegana. Eu até pensei em pedir um hambúrguer, mas desisti. As duas tagarelavam sem parar.

— E ontem, Bianca, você comprou algum vestido?

— Não, eu estava só experimentando mesmo.

— Você ficou ótima com aquele azul.

— Gostei mesmo do branco.

Minha mãe fez aquela cara de estranheza.

— Branco? Branco não combina com sua pele clara, precisa ser colorido.

— Ai, Dona Denise, eu sei. Por isso mesmo eu nunca tive um vestido branco.

Minha mãe se levantou.

— Então está decidido: vou comprar o vestido branco para você. — E estendeu a mão para a branquela. — Vamos.

Eu juntei as bandejas e levei para o balcão. As duas já se afastavam de braços dados. Alcancei-as.

Quando chegamos em frente à loja, minha mãe se virou.

— Você, Guto, espera aqui fora.

Obedeci.

Sentei num banco e peguei meu celular.

Abreu [13:17] — Oi Guto

Abreu [13:17] — Quero falar com você sobre hoje a noite.

Abreu [13:17] — e não é para te convencer a desistir

Abreu [13:21] — me liga

Liguei.

— Cara, onde você está? Eu tô tentando falar com você faz tempo!

— Se eu disser, você não vai acreditar.

O Abreu riu do outro lado.

— De você, Guto, eu acredito em tudo!

— Estou no *shopping* com a minha mãe e a Bianca. As duas parecem amigas de velha data.

— ***COMO?***

Expliquei. Contei sobre a branquela dizer que ia tentar convencer a minha mãe a não me levar para a casa dela.

— E por que ela faria isso?

— Boa pergunta.

— Guto, independente disso, ou melhor, até por isso também, eu decidi que não vou deixar você sozinho nessa parada.

— Abreu, mas a Paula...

— Cara, que se dane a Paula. E mesmo que você diga para eu não ir, eu vou.

Era o Abreu de sempre. Eu não queria que ele fosse, mas se eu estivesse no lugar dele, faria o mesmo. Eu já tinha aprontado muita coisa diferente na escola, mas invadir de madrugada, nunca.

— Guto?

— Oi, Abreu.

— Que horas você pretende chegar lá no muro?

— Vou sair de casa lá pelas onze e meia. Quero pular antes das dez para meia-noite.

— Então não pule antes de eu chegar.

— Já vou avisando que vou pular sozinho.

— Beleza, mas me espera.

— Tá.

Desligamos. Eu já guardava o celular no bolso quando ele vibrou.

Bianca [13:51] — Guto, tudo certo. Quando sua mãe disser que vai deixar você ficar na casa do seu pai, não comemore. Faça cara de bobo e balance a cabeça afirmativamente.

— Era só o que me faltava! — falei sozinho. — Agora ela vai dizer o que eu tenho de fazer!

Uma mulher, que olhava a vitrine de roupas à minha frente, me olhou assustada.

Me levantei, guardei o celular no bolso e comecei a andar de um lado para o outro. Demorou, mas as duas saíram sorridentes da loja. A branquela carregava uma sacola.

— Obrigada, Dona Denise, é o meu primeiro vestido branco!

— Você merece, Bianca! — Eu nunca tinha visto a minha mãe tão radiante. Ela se virou para mim ainda rindo. — Guto, agradece à Bianca!

Por um momento, fiquei ali parado, olhando as duas sem entender. Quando percebi, minha boca estava aberta.

— ***AGRADECE, MAL-EDUCADO!***

— O... obrigado, Bianca, mas por quê?

— Não sei como, mas ela me convenceu. Você vai ficar na casa do seu pai, desta vez.

"Faça cara de idiota!"

"Não precisa, acho que já estou naturalmente."

A voz mansa suspirou em minha cabeça.

A mulher que olhava a vitrine me encarou, sorriu e entrou na loja.

Quando saímos do *shopping*, tinha parado de chover. Pelo menos isso. Minhas roupas já estavam meio secas, só os tênis seguiam encharcados.

Minha mãe me deixou em casa e foi embora dizendo que ainda faria algumas coisas com a Bianca.

Tomei um banho quente e depois me deitei na cama.

Fiquei olhando o teto.

"Eu não engulo essa coisa da branquela e minha mãe se tratarem como velhas conhecidas. Tem alguma coisa aí... Ou será que foi só para me ajudar mesmo?"

"Aposto que tem coisa! Por que a branquela do nada resolve te ajudar depois de insistir tanto para você desistir?"

"Eu" — começou a voz mansa. — *"Eu acho que isso já foi longe demais."*

"Não é esse o caso, mas você precisa entender o que está acontecendo. Cara, o seu pai ajudou a branquela e não te contou!"

Era isso: meu pai precisava me explicar algumas coisas.

Peguei meu celular.

Bianca [16:17] — Guto, sua mãe é um doce.

Ri, que mais eu podia fazer?

Eu [16:33] — Sei... você ainda está com ela?

A resposta demorou, mas fiquei olhando a tela sem nada de mais interessante a fazer.

Bianca [16:47] — Sua mãe me deixou em casa agora há pouco. Acho que ela estava carente.

Eu [16:47] — minha mãe? carente? duvido

Bianca [16:47] — É, acho que consegui conquistar o carinho dela. De qualquer forma, boa sorte com seu encontro de hoje à noite.

Eu [16:47] — encontro?

Bianca [16:48] — Com a loira, é claro.

Eu [16:48] — isso é lenda

Bianca [16:48] — De qualquer forma, boa sorte.

Eu [16:48] — obrigado

— Guto!

Me assustei com meu pai à porta. Desliguei o celular e coloquei para carregar.

Meu pai entrou e sentou-se na beira da cama.

— Filho, sua mãe me ligou. Eu não entendi nada. Antes ela tinha dito que você ia para o apartamento dela e do nada resolveu que você podia ficar.

— Do nada, pai? Tem certeza?

Ele franziu a testa, parecia não saber do que eu estava falando.

— Sei lá, sua mãe estava...

— Radiante.

— Isso, filho: radiante. Acho que faz muito tempo que não via ela assim.

— E você não tem nada para me contar?

— Eu?

— É, pai, você! Quem te ligou ontem?

— Ontem?

Fiquei olhando para ele à espera de que continuasse.

— Ah, eu não te contei?

— Você sabe que não.

Ele coçou a cabeça.

— É, ela pediu para eu não te contar.

— Ela quem, pai?

— Sua amiga Bianca.

— E o que ela te disse?

— Ela... — meu pai abaixou a cabeça. — Ela...

— Ela, o quê?

Meu pai se levantou e virou o corpo para a janela.

Eu girei o corpo e me sentei na cama.

— Ela disse que você está a ponto de fazer outra das suas e... — ele olhou para o chão. — Que você precisa de ajuda.

Pulei da cama e, puxando meu pai pelos ombros, o fiz me encarar.

— E você acreditou?

— Você não vai aprontar nada?

— Não é disso que estou falando, pai. Você acreditou que eu preciso de ajuda?

— A Bianca me contou que se não fosse por ela, você teria sido expulso. É verdade?

Dei um passo atrás.

— Sim... Não...

— Sim ou não?

— Sim, ela me ajudou, mas eu não seria expulso, seria transferido.

— Transferido porque a Dona Odete te ajudou.

— Isso é passado.

O telefone de meu pai tocou.

Ele atendeu.

— Oi, Bianca, tudo bom?

"Que porcaria é essa? A branquela ligando para o meu pai e ele atende todo feliz!"

— Bem, aqui conversando com o Guto.

"Agora ele passa relatório..."

— Ainda não.

Tomei o celular da mão de meu pai.

— Branquela, qual é a sua?

— Oi, Guto.

— Você não tem vergonha de ficar cercando a minha vida?

— Não.

Desliguei o telefone e joguei-o para meu pai.

Ele quase o deixou cair.

— Guto...

— Pai, você não sabe quem é essa menina!

— Ela só quer te ajudar...

— Ela é amiga da mamãe!

Meu pai se calou. O rosto dele ficou vermelho.

— Pai, as duas me levaram no *shopping* hoje! Tive de ir no banco de trás enquanto as duas tagarelavam na frente. A mamãe pagou o almoço, comprou um vestido para a branquela!

O queixo dele caiu, ele respirava pela boca aberta.

— A mamãe te contou isso?

— Não...

— A branquela te contou isso?

— Não...

— Essas duas estão muito juntinhas. Liga para a mamãe e pergunta!

Meu pai engoliu em seco e olhou para os lados fugindo do meu olhar.

— Liga!

Ele levantou o celular.

— Guto...

— Liga!

— E vou falar o quê?

— Diz para ela que uma tal de Bianca te ligou e que você achou ela bem estranha. Estranha, não. Diz que achou esquisita.

Ele ligou.

Meu pai gaguejava, mas conseguiu falar para ela o que eu sugeri. Então, meu pai se calou e só minha mãe falou. E isso durou uns cinco minutos. Quando ele desligou o telefone, deu um suspiro imenso e sentou-se na beira da cama.

— Pai?

Ele não respondeu. Cabisbaixo, segurava o celular com as duas mãos.

— Pai, essa branquela está tentando fazer comigo o mesmo que a mamãe sempre fez com você. — Ele ergueu a cabeça e me encarou. O olhar ao mesmo tempo triste e curioso. — Ela me fez um desafio e está tentando fazer eu desistir. Mas se eu desistir, tenho certeza que ela vai falar pra todo mundo que eu dei pra trás, que eu sou um frouxo.

— Que desafio é esse?

Contei. No final ele sorriu cansado.

— Pra quê, Guto?

— Vai ser divertido. Além do mais, não vou me meter com ninguém. Vai ser só eu e a loira do banheiro.

— Mas você vai invadir a escola! Isso pode dar um problema gigante.

— Já pensei bastante.

Ele riu, eu continuei:

— A escola não tem mais zelador. As câmeras de segurança não funcionam faz tempo e com essa chuva, ninguém passa lá perto. E vou estar lá dentro menos de dez minutos. É entrar, chutar a privada e chamar a loira. Não apareceu, eu vazo fora!

Meu pai esfregou o rosto com as mãos.

— Muito bem, Guto, quando você pretende fazer esta loucura?

"Não seja tonto!"

— Amanhã.

— Amanhã?

"Mentir para o seu pai não foi legal."

"Cala a boca!"

— É, amanhã à noite.

Ele pareceu pensativo. Esperei. Ele voltou a falar uns dois minutos depois.

— É...

— É o quê, pai?

— Eu estava lembrando... No meu tempo teve um aluno que invadiu a escola de noite.

— Verdade? — aquilo me interessava, e muito.

— Tinha um professor de Matemática... O Hélio... Ele era muito exigente. Até os bons passavam dificuldades com ele. Então, o Renato, que era bom em Matemática, dos poucos que não precisavam de nota, invadiu a escola à noite para trocar provas na sala dos professores.

— Como assim, trocar provas?

— Ele saía com uma cópia das questões, resolvia os problemas com alguns erros e refazia as provas. O Renato ia na sala dos professores e, dizem, até imitava a rubrica do professor.

— Caraca, e não pegaram ele?

— Não. — Meu pai fez uma cara de que não gostou da sua própria resposta e emendou: — Isso não quer dizer que estou de acordo com você ir. Acho arriscado e desnecessário. Pelo menos o Renato tinha um propósito.

— Eu também tenho!

— Chutar a privada do banheiro feminino?

— Pelo menos não vou invadir a sala dos professores!

— Isso lá é verdade. Preciso pensar. E se eu conversar com a Bianca?

Encarei meu pai.

Ficamos em silêncio por um bom tempo.

— É, talvez não seja uma boa ideia.

— É uma péssima ideia!

— Pelo menos, temos até amanhã. Vamos jantar.

Jantamos naquele ambiente que me lembrou meu pai e minha mãe na época da separação. Frases curtas sem resposta. Assuntos vagos e chatos.

Às oito da noite fui para o meu quarto.

Às dez, quando o vigia começou a passar buzinando, saí do quarto para ver se meu pai já dormia.

Ele roncava com o abajur ligado.

Apaguei a luz e voltei para meu quarto.

Deitado na cama, peguei meu celular.

O grupo da escola estava silencioso. Só a Rita perguntando algo sobre o trabalho de História, que ninguém respondeu, mas tinha mensagem do Rafa.

Rafa [21:57] — e aí maluco

Rafa [21:57] — tudo certo para hoje a noite?

Eu [22:07] — Tudo certo

Rafa [22:07] — boa sorte

Eu [22:08] — Valeu, fica de olho no grupo da sala

Rafa [22:08] — com certeza

Olhei minha última conversa com a Bianca. Não havia nada depois da mensagem dela de boa sorte quase às cinco da tarde. O aplicativo dizia que ela esteve *on line* pela última vez às 19:10.

Ainda faltava muito tempo para as onze e meia. Cheguei a escrever um "oi branquela", mas apaguei. Se ela estava ausente, melhor que continuasse.

Pelo menos não chovia.

O vigia noturno passou pela segunda vez.

Só naquele momento me dei conta de que ele também deveria passar pelas ruas do Estadão.

"Droga! Isso sim vai ser um problema. Preciso ficar de ouvido atento, senão a coisa pode ficar feia."

"Ainda dá tempo para desistir."

"Fala sério, você ainda acha que isso tem volta?

"Sempre tem!"

— Já resolvi que não tem volta. Vê se não me enche mais!

Me levantei e abri o guarda-roupas, tirei a camiseta da escola e coloquei uma preta. Junto com as calças jeans, eu ficava bem escuro.

Trovejou longe.

Fui até a janela. Na noite escura não se via nenhuma estrela.

— Vai chover.

Caiu um raio iluminando as casas vizinhas. O trovão veio logo em seguida.

Fechei a janela, me deitei na cama e peguei o celular.

Ainda faltava mais de uma hora.

Comecei a ver vídeos no *youtube*. Nada especial, só o que estava bombando na *web* para passar o tempo.

Abreu [23:30] — fala Guto, já saiu de casa?

Eu [23:30] — Ainda não.

Abreu [23:30] — está começando a chover aqui.

Eu [23:30] — Aqui também.

O vigia passou.

Eu [23:31] — Vou sair agora.

Abreu [23:31] — a gente se ve lá

Eu [23:31] — Beleza

Meti o celular no bolso.

Passei no quarto de meu pai. Ele dormia na mesma posição de antes.

Saí de casa.

Caíam poucos pingos de chuva, mas grossos. Ventava.

A rua estava deserta. Caminhei duas quadras e cheguei na rua Amazonas. Subia um carro. Esperei ele passar para atravessar.

Eu me escondia embaixo das árvores, mesmo assim me molhava.

Começou a ventar mais forte.

Cheguei na avenida Eugênio Salerno. Do outro lado, o Estadão. Caiu um raio.

Olhei para os dois lados. Tudo vazio. Só alguns carros estacionados. Atravessei a avenida correndo. E entrei na rua Pernambuco caminhando rente à grade de ferro da escola. Em algum lugar o vigia buzinou. Não parecia tão perto.

Caminhei. Quando estava a cerca de dez metros do muro que dava para os banheiros, alguém dobrou a esquina vindo em minha direção.

Reconheci o Abreu.

Paramos debaixo da árvore que ficava dentro da escola, entre o prédio e o muro.

Nos cumprimentamos.

— Achei que você ia precisar de ajuda para subir.

— Não é tão alto quanto eu imaginava, mas uma mãozinha sempre vai bem.

A buzina do vigia soou mais próxima às costas do Abreu. Ele se virou e olhamos. Lá embaixo oscilava o farol com a chuva.

Ali não tinha nenhum carro estacionado, nem árvore na calçada para se esconder.

Empurrei o Abreu.

— Vamos andar na direção dele, quando ele passar, a gente volta.

— Boa.

Começamos a andar.

A moto subia, devagar, pelo meio da rua. Chegamos na esquina da rua Bahia e atravessamos. O vigia estava a uns cinquenta metros da gente.

A chuva caía. A camiseta grudava no corpo.

Quando estava a uns dez metros de nós, a moto desviou para a calçada em nossa direção.

Só neste momento percebi que o vigia não estava sozinho. Tinha uma pessoa de capacete na garupa.

Ele parou a moto junto a nós, o garupa desceu e retirou o capacete.

— Zóio?

— E aí, Guto! Fala, Abreu! — Eu olhei para o Abreu, depois para o vigia que também retirava o capacete e voltei para o Zóio. — Esse é meu tio Zeca.

— Oi — falamos eu e o Abreu ao mesmo tempo.

O vigia sorriu e estendeu a mão com a luva e cumprimentou-nos.

— Qual de vocês vai pular?

Olhei para o Zóio.

— Pô, Guto, fica tranquilo. Meu tio é parceiro.

— Sou eu! — respondi.

— O Zóio me pediu ajuda e consegui mudar a minha área para cá esta noite. Vê se não dá furada. Guto, né?

— É.

— Fica esperto. Quanto tempo você vai ficar lá dentro?

— Uns quinze minutos.

— Bom, vê se não enrola. — E olhando para o Zóio, completou: — Em quinze minutos eu passo para te buscar.

— Beleza, tio, valeu!

O vigia colocou o capacete a saiu buzinando.

Nós três voltamos, já bem molhados, para debaixo da árvore junto ao muro da escola.

A chuva apertou. Caía um relâmpago atrás do outro.

— Cara — disse Abreu —, se você vai, é melhor ir logo.

— Beleza.

Os dois fizeram escadinha e eu subi no muro.

O chão do lado de dentro da escola parecia escuro demais. Talvez fosse o amontoado de folhas secas. Olhei para os dois na calçada.

— Valeu, obrigado por virem, mas é melhor achar um lugar para se esconder dessa chuva.

Os dois falaram alguma coisa que eu mal pude ouvir. Alguma coisa com "sorte" e "anda logo". Eles se viraram e desceram a rua correndo.

Me voltei para dentro da escola. Apoiei o peito no topo do muro e fui escorregando para dentro até ficar pendurado pelos dedos.

Soltei.

Caí num lugar fofo. Meus pés escorregaram e bati a bunda nas folhas encharcadas.

— Droga.

Me levantei e olhei para o vitrô do banheiro feminino. Tudo escuro lá dentro. Bati as mãos nas pernas e na bunda para desgrudar as folhas. Escorria água fria pelas minhas pernas por debaixo das calças.

Coloquei a mão no bolso. Toquei o celular. Seria bom poder ligar a lanterna e enxergar onde pisava, mas se o celular já estava molhado, iria molhar mais ainda naquela chuva. Deixei-o no bolso.

— Vai assim mesmo.

Apoiei a mão no muro e comecei a caminhar. Meus pés afundavam nas folhas, os raios caíam. Iluminavam tudo, menos o chão. As árvores e o muro não deixavam a luz passar.

Depois de escorregar duas vezes, cheguei ao muro do corredor. Tirei a grade da canaleta e desci lá dentro. Meus pés encharcaram. Tinha uns dez centímetros de água.

"Hora de voltar. Vai dar merda!"

"Se vai dar merda, que dê!"

Pensei no celular. Não podia molhar o celular, então resolvi passar de costas. Me acomodei e comecei a me arrastar. Precisei manter a cabeça erguida para não entrar água nos ouvidos. Passei debaixo do muro, empurrei a grade e saí da canaleta.

Sem perder tempo, pulei a mureta e subi no pátio coberto.

Tive de entrar uns dez metros para fugir da chuva arrastada pelo vento.

Olhei em volta.

Tudo vazio. Tudo apagado. Só o barulho da chuva e dos trovões.

Agora seria um milagre se o celular ainda funcionasse, mas não adiantava tirar ele do bolso.

Antes, retirei minha camiseta e torci. Consegui fazê-la sair do estado de encharcada para molhada, quase úmida.

Enxuguei o celular com a camiseta.

Apertei o botão.

A tela acendeu.

23:57

Fechei os olhos.

Até ali, tudo bem. O celular funcionava e estava quase na hora. Bem melhor assim.

"Em menos de dez minutos vou estar rindo a caminho de casa e que se dane toda essa chuva!"

Abri os olhos e dei um giro completo, vistoriando tudo.

Éramos só eu e a chuva lá fora.

Coloquei a camiseta.

Liguei a lanterna e a câmera para filmar à minha frente. Não seria tonto de focar meu rosto. Aquela transmissão já poderia ser comprometedora demais.

A porta do banheiro feminino ficava no outro extremo do pátio.

23:58

Comecei a transmissão.

Caminhei devagar olhando para a tela. Foquei a porta do banheiro, mas no meio do caminho desviei para a porta fechada da escada para as salas de aulas. Voltei o foco ao banheiro.

Os raios caíam e iluminavam o pátio coberto. A câmera levava um tempo para se ajustar à luz e depois para a falta de luz. Olhar para a tela era mais macabro do que a realidade.

Cheguei ao banheiro. Parei diante da porta.

Por mais bobo que possa parecer, seria a primeira vez que entraria no banheiro feminino. Aquilo sempre soou como um território proibido.

Hesitei.

Olhei para trás. Nada.

Voltei-me para a frente e busquei o interruptor.

Liguei a luz. Amarela, ela piscava.

23:59

O chão do banheiro molhado brilhava com os relâmpagos. A chuva e o vento atravessavam pelos vitrôs abertos.

Entrei.

As pias com espelhos à minha direita, debaixo dos vitrôs. Logo após, o corredor. As casinhas, à esquerda.

Foquei a parede do fundo.

Um raio iluminou as gotas de chuva e elas pareciam ter vida própria, cada uma voando numa direção diferente.

A porta de uma casinha bateu.

Dei um passo atrás e medi, por sobre o ombro, a distância até a porta.

Nada.

Caiu um raio muito perto. Talvez na escola mesmo. Tremeu. A luz apagou. Agora era só a luz do celular.

Voltei a câmera ao espelho.

A luz do celular ofuscava a minha imagem refletida.

Melhor, não queria ser identificado.

00:00

Ergui o celular à frente do meu rosto.

— ***LOIRA DO BANHEIRO!*** — gritei.

As gotas de chuva molhavam meu rosto.

— ***LOIRA DO BANHEIRO!*** — gritei mais alto.

Levantei o olhar para o vitrô. Se caísse um raio, o vídeo ia ficar fantástico. Esperei. Não caiu.

— ***LOIRA DO BANHEIRO!*** — berrei.

Em seguida, veio o raio.

A luz acendeu. Piscava, amarela.

Retrocedi até encostar minhas costas na parede. Devagar, girei a câmera para a porta.

Nada.

00:01

"Falta chutar a privada!"

Girei. A câmera passou pela parede da primeira casinha e focou o fundo do corredor.

Uma porta bateu.

Comecei a caminhar pelo corredor das casinhas. A primeira porta estava aberta. Foquei a privada.

"Chuta essa mesmo e vaza!"

Não queria parar a transmissão tão rápido. Aquele suspense estava ficando ótimo. Imaginei a cara da Rita naquela hora e ri.

Voltei a focar o corredor e passei à segunda casinha.

Igual à primeira.

A terceira estava com a porta entreaberta. Esperei alguns segundos antes de chutar. A porta abriu e bateu na parede.

Nada.

Passei casinha por casinha até chegar à última porta. Fechada. Desta vez, não chutei. Estiquei o braço e, devagar, empurrei com a mão até bater na parede.

Vazia.

Voltei a câmera em direção à porta, mas ela estava fora do campo de visão. Parei alguns segundos na parede da entrada.

Retornei a câmera à última casinha e entrei.

Inclinei o celular para filmar a privada de cima.

— ***LOIRA DO BANHEIRO!*** — chutei a privada. — ***APARECE, MALDITA!***

Caiu um raio e desenhou minha sombra no chão, na privada e na parede.

— LOIRA DO BANHEIRO, NÃO ME FAÇA PERDER TEMPO, APARECE FANTASMA! — chutei a segunda vez.

Esperei um pouco. Caiu outro raio. O trovão ecoou. O vídeo ia ficar fantástico.

— LOIRA DO BANHEIRO, VOCÊ ESTÁ COM MEDO, DESGRAÇADA! — terceiro chute.

Então, eu ri, gargalhei o mais alto que pude e desliguei a transmissão.

Quando apaguei a lanterna do celular, percebi que a luz amarela do banheiro quase não chegava até ali.

Guardei o celular no bolso.

Mais um raio. Outra vez minha sombra se desenhou por um instante na parede e ao lado de meu ombro direito, a sombra de uma cabeça.

Meu ombro gelou ao contato de uma mão.

Me virei e ela estava ali.

Os cabelos loiros, quase brancos, cobriam todo seu rosto. Um braço caído junto ao corpo roçava o vestido branco. O outro erguido, a mão em concha, como se ainda tocasse meu ombro.

Dei um passo para trás, tropecei e caí sentado na privada.

Ela abaixou o braço. Nada mais. Permaneceu parada.

Eu não sabia se gritava, se levantava e corria através dela.

Nada.

Nenhuma voz em minha cabeça.

Só a chuva caindo lá fora com seus raios, relâmpagos e trovões.

Tentei falar, mas não consegui.

Aquele medo subia pelo meu corpo e me energizava. Por mais que eu devesse, não correria dali. Eu sabia.

Ela deu um passo à frente, ergueu o vestido com as mãos e se sentou em minhas pernas. O vestido estava seco. Os cabelos, também. Mas o contato das pernas dela nas minhas me gelaram.

"De onde ela veio?"

Não ousei me responder.

O rosto coberto por cabelos a menos de um palmo do meu. Devagar, ergui a mão. Ela não se mexeu. Talvez nem me visse com todo aquele cabelo.

Aproximei a mão de onde eu achava ser o nariz dela e, com a ponta dos dedos, descortinei seu rosto. Apareceu a pele branca e, em seguida, o olho vermelho que subia e descia. Subia e descia.

— Bran... que... la... — saiu como um sussurro.

Não houve resposta, nem sequer um menear de cabeça.

Ela ergueu as mãos e puxou os cabelos para trás das orelhas.

O outro olho, também vermelho, também subia e descia, mas descoordenados. Um em cima e o outro embaixo. Lentos. Hipnóticos.

Abaixei a mão e esperei. Não havia nada que eu pudesse fazer, quer dizer, não havia nada que eu queria fazer. Podia ficar ali a noite toda vendo aqueles olhos, alternados, subirem e descerem.

As mãos dela, firmes e suaves, seguraram meu rosto e o frio envolveu-me do queixo às orelhas. Ela se aproximou, os olhos subindo e descendo.

Ela me beijou com mesma suavidade e firmeza que segurava meu rosto.

Fechou os olhos, mas eu os percebia subir e descer por detrás das pálpebras. Afastei-me. Ela abriu os olhos, me fitando com a boca entreaberta.

"Você está esperando o quê, seu mané?"

"Desta vez eu tenho de concordar, se você não a beijar, é um bobão, mesmo!"

Fechei os olhos e nossas bocas se tocaram. Meus lábios reagiram e se coordenaram com os dela. Simples, perfeitos.

Abracei-a e puxei seu corpo contra o meu.

Os relâmpagos, raios e trovões se sucederam e nós ali como se não houvesse nada mais importante no mundo.

E não havia.

Eu podia passar a noite naquele banheiro, talvez a eternidade. Abri os olhos. Os da branquela se mexiam debaixo das pálpebras.

Atrás dela, no corredor das casinhas, estava a imagem translúcida com os braços caídos ao longo do vestido branco. Os cabelos loiros esvoaçantes. Tufos de algodão saindo do nariz. As cavidades oculares negras, vazias.

— O que foi, Guto?

A branquela se afastou, me olhava, mas eu não conseguia encará-la. Eu continuava preso àqueles buracos negros.

Então, a branquela girou o corpo e seguiu o meu olhar.

— ***MEU DEUS!*** — e saindo das minhas pernas, recuou e espremeu as costas contra a parede do fundo da casinha. — ***MEU DEUS, GUTO, É ELA!***

Sem a branquela à minha frente, percebi que a imagem flutuava. Os pés nus, caídos, saíam por debaixo da barra esfarrapada do vestido, quase tocavam o chão.

— ***GUTO, FAZ ALGUMA COISA!***

"Agora eu quero ver..."

"Se for para morrer, por favor, que não seja sentado numa privada!"

Me levantei.

A imagem subiu uns vinte centímetros.

— ***VAI EMBORA!*** — gritei.

A loira ergueu o braço e apontou o dedo para mim.

— ***AGORA VAI DIZER QUE EU TE CHAMEI?***

Ela abaixou o braço e assentiu com a cabeça.

Eu forcei um sorriso.

— Faz tempo. Eu gritei no espelho, chutei a privada e você não apareceu. Não vale mais! — apontei com o dedão por cima do ombro. — Pode ir embora, ela chegou primeiro!

Caiu um relâmpago e a imagem à nossa frente quase desapareceu.

A loira se aproximou. Estava a menos de um metro. Não tinha como escapar dali. Pensei em fechar a porta, mas seria ridículo tentar impedir um fantasma de ir aonde quisesse.

A gente podia correr através dela, mas o que poderia acontecer? Era assim que ela pegava as pessoas?

— Está bem, fui eu quem te chamou. Deixe a Bianca ir embora que eu fico!

A loira virou a cabeça e encarou a Bianca. Então inspecionou-a até os pés e voltando a erguer a cabeça se afastou até a parede.

— Vai, Bianca, ela está deixando você ir.

Percebi algum movimento atrás de mim. Ela parecia hesitar.

— ***VAI LOGO!***

A Bianca passou ao meu lado e saiu da casinha, mas ao invés de correr para fora, ela parou de frente para a loira.

A luz amarela piscava.

"Como elas são parecidas!"

A Bianca levantou um dedo.

— Escuta aqui, assombração, o Guto é meu namorado e ninguém vai pegar ele!

A loira abriu a boca e rosnou exibindo os dentes podres.

— ***SE VOCÊ NÃO FOI FELIZ NO SEU CASAMENTO, O PROBLEMA É SEU! DEIXE A GENTE EM PAZ!*** — e me olhou por sobre o ombro. — ***CORRE, GUTO!***

Não tive tempo de correr. Uma luz branca, muito forte, iluminou tudo.

— ***SAIAM!*** — o grito chegou da porta.

— ***CALMA*** — gritou a Bianca —, ***NÓS ESTAMOS COM UM PROBLEMA...***

— ***SAIAM DEVAGAR COM AS MÃOS PARA CIMA!***

— ***NÃO PODEMOS IR DEVAGAR...***

A loira se virou e começou a flutuar em direção à porta. Por alguns segundos, só havia o barulho da chuva.

A Bianca, ainda no corredor das casinhas, parecia observar a loira se afastando.

— ***CARALHO! É A LOIRA DO BANHEIRO!*** — o grito do homem foi seguido de três disparos.

O corpo da Bianca balançou e recuou até bater na parede.

Me joguei no corredor abraçando-a.

— *PARE, SEU LOUCO!* — mas o vestido, na altura do peito, já se manchava de vermelho.

Seus olhos lacrimejantes subiam e desciam. As pernas bambearam e eu a segurei, ajudando-a a se sentar no chão.

— *CHAMEM UMA AMBULÂNCIA! ELA ESTÁ FERIDA!* — gritei por sobre o ombro e me voltei para ela. — Calma, Bianca.

Ela tossiu.

— Desculpe, Guto. Não era para ser assim.

— Bianca, não fa...

— Me chame de branquela.

As manchas de sangue aumentavam no vestido. Olhei em direção à porta. A loira não estava mais lá. Nem sinal de quem atirou.

Forcei um sorriso.

— Branquela.

— Me beije, por favor.

Beijei-a.

Ela me abraçou.

Mas aos poucos seus braços se afrouxaram e o beijo cessou.

Me afastei. Os olhos vermelhos, brilhantes de lágrimas, não subiam nem desciam.

Estáticos.

Abracei-a com força e gritei por socorro.

Quando chegaram, não havia mais o que fazer.

Só a chuva seguia caindo como se nada tivesse acontecido.

A escola decretou sete dias de luto.

Eu não fui ao enterro da Bianca. Na verdade, me tranquei no quarto. Só abria a porta para receber a comida que meu pai trazia. No banheiro, eu ia só quando meu pai não estava em casa.

Não contei sobre a loira para ninguém.

No celular, só via as mensagens do Raimundo, o resto, que esperasse sentado porque eu apagava todas as mensagens sem ler. Afinal, o Raimundo era o único que nunca tinha escrito para mim antes.

Ele me pediu desculpas. Sentia-se culpado sei lá por quê! Acho que todo mundo se sentia culpado. Por isso, não houve nem sequer menção de me suspender ou me expulsar.

Encontraram a mochila da Bianca no banheiro masculino. Ela entrou pelo portão da avenida Eugênio Salerno usando o molho de chaves do Seu Edson, que sumiu e encontraram na mochila dela.

Foi Seu Edson quem chamou a polícia depois de ficar vigiando a escola de longe. Acho que estava num carro estacionado na avenida.

Ele era quem mais se sentia culpado. Tentou me visitar umas três vezes, mas não o recebi.

O guarda, disse o Raimundo, deu declarações à imprensa. Estava em choque. Sempre teve medo da loira do banheiro e jurava que ela estava lá.

Minha mãe se sentia culpada por ter comprado aquele vestido branco.

Meu pai, por ter acreditado na minha mentira.

O Abreu, por ter escutado a Paula... Mas não por ter ido à escola.

A Paula, por ter terminado comigo.

Dona Odete por não ter me transferido ou mesmo expulsado.

E, claro, eu também me sentia culpado. Minha cabeça dura incapaz de voltar atrás. Aquelas vozes me mandando isso ou aquilo. Se eu não tivesse ido à escola, a loira não teria aparecido e a Bianca sairia antes da polícia chegar. Nada disso teria acontecido.

Na quinta-feira à noite, dia da missa de sétimo dia, apareceu uma mensagem que eu não deletei. Não estava na minha lista, nem tinha identificação de número.

... [23:37] — Oi.

Eu [23:37] — Oi, quem?

... [23:37] — Sou eu.

Eu [23:37] — Eu quem?

... [23:37] — Sua branquela.

"Apaga isso, é algum engraçadinho enchendo o saco."

"Não apaga, não!"

Eu [23:38] — branquela... acho que não sou o único a te chamar de branquela. Sou?

... [23:38] — Sua mosca branca.

Eu [23:38] — mosca branca?

... [23:38] — Só você me chamou assim e ninguém ouviu.

"Para com essa palhaçada. Desliga esse celular!"

"Se você fizer isso, vai se arrepender."

Eu [23:38] — O que você quer?

... **[23:38]** — Temos muito o que conversar e também precisamos continuar o que fomos obrigados a parar.

Eu olhava para a tela sem saber o que fazer.

... **[23:39]** — Quer me ver? Vá onde nos vimos pela última vez.

Aquilo não podia estar acontecendo. Apertei o botão e deixei o celular na cama. Fui beber água. Passei ao banheiro.

Voltava ao quarto quando o vigia passou com sua buzina. A tela do celular acendeu.

... **[23:43]** — Você não quer me ver?

Lembrei dos seus olhos vermelhos subindo e descendo, dos seus lábios nos meus, das mãos firmes e suaves, mas senti mesmo falta de nossas discussões, dela me desafiar a ser melhor do que eu realmente sou.

Eu [23:43] — E se a loira aparecer, branquela?

... **[23:43]** — Não vai aparecer. Este banheiro agora é meu. E se você quiser, nosso!

Eu [23:43] — Eu vou!

... **[23:43]** — Não se esqueça de me chamar no espelho três vezes e de chutar a privada!

Eu [23:43] — Pode deixar.

Me vesti apressado, meti o celular no bolso e saí debaixo da chuva.

VERMELHO MARINHO